AF145581

Bibliografische Information der Deutschen Nationalbibliothek:

Die Deutsche Nationalbibliothek verzeichnet diese Publikation in der Deutschen Nationalbibliografie; detaillierte bibliografische Daten sind im Internet über dnb.d-nb.de abrufbar.

TWENTYSIX
Eine Marke der Books on Demand GmbH
Herstellung und Verlag: BoD – Books on Demand, Norderstedt

©2022 Herbert W. Richard

ISBN: 978-3-740-716-417

Herbert W. Richard

Namibia-

Schicksalsjahre einer Farmerfamilie

Autor Herbert W. Richard

Er lebt im schönen Westerwald und schreibt aus Leidenschaft.

Seine Mutter war Wienerin und sein Großvater Schulrat in Wien. Von beiden hat er die Liebe zum Schreiben geerbt.

Dies ist bereits sein fünftes Buch, das veröffentlicht wurde. Als Manager im Exportgeschäft hat er viele Länder und Orte der Welt bereist und als Jäger hat er weltweit die Jagd ausgeübt, so ist er auch nach Namibia gekommen.

Dieses Land und seine Menschen haben ihn fasziniert und nicht mehr losgelassen.

Prolog

Wir befinden uns im Jahre 1990. Namibia, die ehemalige deutsche Kolonie, hat gerade ihre Selbstständigkeit erlangt und die Apartheid, also die Rassentrennung, wird von der schwarzen Bevölkerung nicht mehr akzeptiert. Die weiße Minderheit im Land, fast ausschließlich deutscher Abstammung, besitzt weit über die Hälfte der Landesfläche und betreibt dort ihre Farmen. Während sie im Wohlstand leben und vermögend sind, befindet sich die schwarze Bevölkerung teilweise in großer Armut. Die weißen Großgrundbesitzer stemmen sich mit aller Macht gegen die Abschaffung der Apartheid und wollen weiter die schwarze Bevölkerung als billige Arbeitskräfte ausnutzen und beherrschen.

In dieser Zeit des Umbruchs, lebt Markus R. Weber mit seiner Frau Barbara auf der Farm Okatjeroo bei Otjiwarongo, ca zweihundert Kilometer nördlich von Windhoek. Seine Rinderfarm hat eine Fläche von 8000 Hektar und wird auch als

Jagdfarm genutzt. Das Schicksal wirbelt das Leben auf der Farm komplett durcheinander. Barbara Weber wird hinterhältig ermordet. Die schwarze Hausangestellte Maria übernimmt die Rolle der Hausfrau und Mutter. Sie muss sich unter schwierigen Bedingungen Akzeptanz verschaffen und die Grenzen der Apartheid überwinden. Weitere schwere Schicksalsschläge drohen das Leben und die Zukunft der Farm zu zerstören.

Eine neue Generation übernimmt die Verantwortung auf der Farm. Wird sie es schaffen?

Quo vadis Okatjero.

Geschichte Namibias.

-Kurzfassung-

Bis zur Entdeckung durch die Europäer
war das Land sehr dünn durch nomadisch
lebende Völker der Damara und San
besiedelt.

Später kamen die Nama und Hereros
dazu, die sich gegenseitig bekämpften.
Sehr viel später, im Jahre 1885, wurde
Südwestafrika unter den - Schutz- des
deutschen Reiches gestellt.

Ohne Rücksicht auf die Stammesgebiete
wurden deutsche Siedler in das Land
geholt und machten sich dort ansässig.

In der Folgezeit kam es immer wieder zu
Überfällen auf die Siedler durch die
Stämme des Landes.

Danach, im Jahre 1904, erhoben sich die
Hereros gegen die deutschen
Schutztruppen, der blutig
niedergeschlagen wurde und mit der

Schlacht am Waterberg endete. Sehr viele Menschen verloren dabei ihr Leben

Nach der Mandantschaft durch Südafrika wurde Namibia im Jahre 1990 in die Unabhängigkeit entlassen und Samuel Nujoma wurde erster Präsident des Landes.

Die Straße von Windhoek nach Otjiwarongo zieht sich wie ein staubiger Lindwurm durch die weite Landschaft des namibischen Farmlandes.

Markus R. Weber kämpft in seinem allradgetriebenen VW-Bus mit der Müdigkeit, als er einbiegt auf eine der schier endlosen Sandpfade, den -Phads-, wie sie hier genannt werden. Sie führen ihn zu seiner Farm im Nord-Westen von Namibia.

Nun schon in dritter Generation sind die Webers Eigentümer der Farm, die sein Urgroßvater, noch zu Zeiten von Kaiser Wilhelm I. erworben hatte.

Fast alle der Gründerfamilien kamen damals aus Deutschland, um aus der Enge der heimischen Scholle zu fliehen und einen neuen wirtschaftlichen Anfang im fernen Afrika zu finden. Mit Hilfe der deutschen Schutztruppe wurde die Einwanderung ermöglicht, die Kolonie begründet.

Grausame Metzeleien, wie die Vernichtung der Hereros, waren der Preis den die eingeborene Bevölkerung dafür zahlen musste.

Aber das ist lange her und heute hat das Volk von Namibia eine demokratische Regierung mit schwarzer Mehrheit gewählt

Das Leben für die weißen Farmer wurde indes in den letzten Jahren immer unsicherer und schwieriger.

Als Markus R. Weber im Lichtschein seines Autos, das auf den Weg springende schwarze Mädchen sah, glaubte er zunächst an einen Überfall. Im letzten Moment zog er den Wagen nach links und streifte das Mädchen noch an den Beinen, bevor er zum Stehen kam.

Als er das etwa sechszehn jährige schweratmende Mädchen aufhob, flüsterte sie: - Master ich will nicht mehr leben, lassen sie mich hier liegen. Mein Leben hat keinen Sinn mehr-

- Wo bist du zu Hause, wo ist deine Familie? - sagte Markus und schaute sie fragend an. - Ich bin ganz allein, habe alle

Angehörigen verloren.- flüsterte sie mit schmerzverzerrtem Gesicht.

- Ich nehme dich mit auf meine Farm, da wirst du gepflegt und du kannst dich erholen! - und trug sie ins Auto.

Während der Fahrt sprachen sie beide kein Wort und als sie dann in die Farmzufahrt einbogen, dachte Markus an seine Frau Barbara. Würde sie das fremde Mädchen neben ihrem kleinen Sohn auf der Farm akzeptieren?

Im Farmhaus brannte Licht.

Barbara Weber hatte, wie ihr Mann es vermutete, zunächst Vorbehalte gegen dieses fremde Mädchen.

Würde sie sich in das Leben auf der Farm einfügen oder Unordnung und Probleme mit sich bringen?

Nach wenigen Wochen aber, hatte sie das schwarze Mädchen in ihr Herz geschlossen.

Sie wohnte in einem kleinen Blechhaus in der Siedlung der Farmbediensteten, nahe dem Pferch indem ein paar hundert Ziegen sich befanden.

Sie war auf den Namen Maria getauft worden, erklärte sie nach befragen durch Barbara, wollte gerne auf der Farm bleiben und sich dort nützlich machen.

Maria war außergewöhnlich hübsch und hatte mit ihren sechszehn Jahren einen Liebreiz der jeden Mann magisch anzog.

Markus R. Weber versammelte deshalb am nächsten Tag alle männlichen Bedienstete der Farm und erklärte ihnen, dass Maria unter seinem persönlichen Schutz stehe und sie sich entsprechend verhalten sollten. Die Burschen steckten darauf ihre Köpfe zusammen, murmelten unverständliche Sätze, grinsten etwas verlegen, und gelobten Gehorsam.

Maria wusste von all dem nichts und schwebte, wie ein Schmetterling, auf der Farm herum.

Barbara hatte ihr dann nach Wochen der Prüfung, zeitweise die Obhut ihres acht jährigen Sohnes Volker anvertraut, eine für schwarze Bedienstete hohe Ehre.

Es zeigte sich sehr schnell, dass Maria eine äußerst glückliche Hand im Umgang mit dem Kind hatte, sodass sich bald ein herzliches Verhältnis zwischen den beiden entspann.

Das Leben auf der Farm plätscherte über die Wochen so dahin.

Eines Morgens kamen zwei fremde Männer auf die Farm. Der ältere der beiden, gab an einen Onkel von Maria zu sein und wolle sie dringend sprechen.

Das Gespräch, dass sie auf der Veranda führten, wurde immer heftiger und lauter.

- Nein, ich bleibe hier und komme nicht mit euch, ihr seid Sklavenhändler:-

Markus, der durch die Lautstärke des Gesprächs, aufmerksam wurde, eilte hinzu - Was geht hier vor? Maria was ist passiert? - wollte er wissen.

- Markus, diese Männer wollen mich mitnehmen und mich an einen fremden Mann verkaufen, es sind Menschenhändler, die mit Mädchen handeln! - antwortete Maria mit angsterfüllter Stimme.

Markus war bekannt, dass der Handel mit Mädchen in Afrika immer noch weit verbreitet war und das viele dieser jungen Frauen wie Sklavinnen behandelt wurden.

- Verlasst sofort die Farm und betretet nie wieder unseren Grund und Boden, sonst hetze ich die Hunde auf euch.- brüllte er die Männer an.

Als sie sich weigerten, ließ Markus den Vorarbeiter und mehrere Bedienstete kommen, die mit Gewalt die beiden Männer von der Farm entfernten.

Maria war völlig aufgelöst und Barbara versuchte sie zu beruhigen und Markus versicherte ihr, dass sie auf der Farm in Sicherheit sei.

Sie berichtete, dass in ihrer Großfamilie und in der Verwandtschaft immer wieder Mädchen an fremde Männer verkauft wurden. Der Onkel und andere Männer hätten damit ein gutes Geschäft betrieben. Nach wenigen Wochen hatte Maria die Angelegenheit vergessen .Ihr Verhältnis zu Markus und Barbara wurde dadurch noch enger, ohne sie wäre sie in der Sklaverei gelandet!

Der Sommer, der diesmal besonders heiß war, lähmte alle Aktivitäten und Markus musste aufgrund von Futtermangel, der immer auftrat wenn der Niederschlag über zwei oder drei Jahre ausblieb, einen Teil seines Viehbestandes weit unter Preis verkaufen.

Die Wildtiere, Antilopen und Warzenschweine, kamen mit der Trockenheit wesentlich besser zurecht und bildeten jetzt den eigentlichen Reichtum der Farm.

Nach Anbruch des Herbstes, der angenehme Temperaturen brachte, waren die ersten Jagdgäste aus Deutschland angekündigt, die Oryx-Antilopen und Kudus jagen wollten.

Für Barbara würde die Jagdsaison eine Menge Mehrarbeit mit sich bringen. Die Zimmer wurden mit den Bediensteten vorbereitet, Lebensmittelvorräte in

Otjiwarongo eingekauft und das Gästehaus auf Hochglanz gebracht.

Die Jagdgäste waren aber auch für Markus und Barbara Weber eine willkommene Abwechslung in ihrem Farmleben, wo der nächste Nachbarfarmer dreißig Kilometer entfernt war.

Außerdem erfuhren sie so die neuesten Nachrichten aus Deutschland, der Heimat ihrer Vorfahren, der sie auch heute noch sehr verbunden waren.

Markus holte die deutschen Jäger in Windhoek ab und brachte sie, unterbrochen von einem gemeinsamen Mittagessen, auf die Farm.

Nach Einquartierung, kurzem Rundgang auf dem Farmgelände, wurden die beiden Jagdführer Franziskus und Joseph, den Jägern zugeteilt, für die Pirsch am nächsten Morgen.

Markus brachte sie mit seinem Allradbus, noch vor dem hell werden, ins Jagdgebiet. Als sie um die Mittagszeit zurückkehrten, hatte bereits jede Gruppe Jagderfolg. Jeweils ein starker Kudu-Bulle und eine

Oryxantilope, mit ihren langen, spitzen Hörnern, die zu gefährlichen Waffen werden konnten, wurden mit dem Jeep geborgen und von den beiden Jagdführern abgehäutet und das Wildbret in große Stücke zerteilt. Die Aufbewahrung erfolgte in großen Tiefkühltruhen. Von diesem Wildbret lebten alle auf der Farm.

Die Jagdgäste saßen auf der großen Veranda, tranken Whisky, und erzählten von den Jagderlebnissen. Sie waren begeistert von der Natur und dem Wildreichtum.

- Wir haben noch nirgendwo auf der Welt eine so große Anzahl von Wildtieren beobachten können- berichteten sie überschwänglich.

- Man kann deshalb bei dieser großen Population, ohne Gewissensbisse die Jagd ausüben.- erklärten sie Markus

Sie diskutierten mit ihm die derzeitige politische Situation in Namibia und die Zukunft der weißen Farmer, die recht ungewiss war. - Hoffentlich ist unsere Sicherheit unter dieser Regierung auch in

Zukunft gewährleistet. Wir müssen abwarten und mit der Regierung kooperieren, es geht nur in einem Miteinander.- erklärte er den deutschen Jägern.

An ihrem letzten Jagdtag, wurden noch zwei starke Warzenschwein-Keiler mit gewaltigen Hauern, erlegt.

Am späten Nachmittag fuhr Markus mit den Jagdgästen an den Rand der Savanne und sie setzten sich auf die Ladepritsche des Pickup um dort den Sonnenuntergang mit einem Glas Champagner zu begießen.

Der Himmel verfärbte sich feuerrot und die Sonne versank als roter Ball am Horizont. Die Stimmen der Tiere erklangen dabei wie in einem Konzert, das mit dem Untergang der Sonne schlagartig verstummte so, als ob jemand einen Schalter umgedreht habe. Alle waren sehr

ergriffen von diesem Schauspiel und würden Namibia nie vergessen.

Am späten Abend geschah dann etwas, dass Barbara und Markus Weber zunächst nicht bemerkten. Obwohl extra auf das

Alkoholverbot der Bediensteten hingewiesen worden war, schenkten die Jäger den beiden schwarzen Jagdführern einige Flaschen Whisky nicht ahnend welche schlimmen Folgen dadurch sich entwickelten.

Franziskus und Joseph tranken über den ganzen Abend bis in die Nacht hinein. Als sie die zweite Flasche geleert hatten passierte es dann, was für das Leben auf der Farm ungeahnte, folgenschwere Schicksalsschläge hervorrufen sollte.

Sie drangen in die Hütte von Maria ein, vergewaltigten sie mehrmals abwechselnd und verlangten von ihr die abartigsten Praktiken des Geschlechtsverkehrs Die Peiniger ließen erst von dem geschundenen Mädchen erst ab, als sie alle Flaschen Whisky geleert hatten und volltrunken einschliefen.

Maria stahl sich dann heimlich aus der Hütte, lief am frühen Morgen ins Farmhaus und weckte dort durch lautes Klopfen und Klagen Markus und Barbara. Der Körper von Maria war überall von blauen Flecken übersät und ein Auge war fast ganz zugeschwollen. Sie zitterte am ganzen Körper und konnte sich nur mühsam auf den Beinen halten.

Barbara legte sie in das Gästezimmer der Farm. Dort weinte sie den ganzen Tag und stand völlig unter Schock.

Barbara blieb bei ihr und tröstete sie so gut wie es in dieser Situation möglich war. Markus telefonierte mit der Polizeistation in Otjiwarongo und am nächsten Morgen wurden beide Missetäter von der Polizei abgeholt. Die beiden Vergewaltiger stießen dabei wilde Flüche aus und drohten Markus mit blutiger Rache.

Joseph, der wildere der beiden, rief:- Wir kommen zurück, aber mit Waffen! -

Die Drohung hing von nun an wie ein Damoklesschwert über der Farm und erfüllte alle mit Unbehagen.

Maria erholte sich nur sehr langsam und es schien, dass sie diese Nacht der Vergewaltigung wohl nie mehr vergessen könne. Sie war von diesem Tag an nicht mehr das fröhliche, unbeschwerte Mädchen wie zuvor und über Nacht zu einer Frau geworden, die tiefe Narben in ihrer Seele trug.

Jedem männlichen Wesen ging sie aus dem Weg und sogar Markus spürte diese Veränderung im Umgang mit ihm.

Nur das Verhältnis zu dem kleinen Volker war ungetrübt und so herzlich wie zuvor.

Es waren nun einige Wochen vergangen und der Winter in Namibia begann. Eine Jahreszeit in der sich die Farmer in Windhoek trafen.

Tagungen und Empfänge wurden veranstaltet und überall wo Markus mit seiner Frau Barbara auftauchte, wurde diese bewundert. Eine so große und hübsche Frau, ausgestattet mit einem natürlichen, freundlichen Wesen, fand viele Bewunderer in der Gesellschaft.

Barbara blieb trotz all der vielen Aufmerksamkeiten zurückhaltend und den Bewunderern, die zum Teil auch unverhohlen Angebote machten, erteilte sie eine Abfuhr. Ihre ganze Liebe schenkte sie ihrem Mann und dem Sohn Volker, der prächtig gedieh. Barbara war froh und dankbar, dass Maria sich weiterhin dem Sohn liebevoll annahm. Die verhängnisvolle Nacht der Demütigung und Schmerzen, war jetzt fast ganz vergessen und auch ohne Folgen geblieben.

Auf der diesjährigen Farmerversammlung in Otjiwarongo erfuhr Markus, dass Fransziskus und Joseph inzwischen aus dem Gefängnis in Windhoek entlassen wurden, so dass er vor eventuellen Vergeltungsschlägen auf der Hut war.

Zwei Wochen später fuhr Barbara etwas später als üblich, von der sechzig Kilometer entfernten Farm ihrer Freundin los, obwohl ihr Markus geraten hatte die Dunkelheit für weitere Fahrten zu vermeiden.

Schon in Gedanken zu Hause, fuhr Barbara den schnurgeraden Sandphad entlang, als plötzlich im Lichtkegel des Geländewagens, ein querliegender Baum auftauchte, der die Fahrbahn versperrte.- Auch das noch! - dachte sie, nachdem sie ausgestiegen war und ein Seil an dem Baum befestigt hatte.

Das Messer, das von hinten ihren Leib durchbohrte, konnte sie nicht sehen, so überraschend war der Angriff gegen sie erfolgt.

Was sonst noch an diesem Abend geschah, auf diesem einsamen Verbindungsweg, wird wohl nie mehr ans Tageslicht kommen.

Nach dem Barbara Weber von ihrem Mann bei der Polizei als vermisst gemeldet wurde, fand man erst Tage später Leichenteile von ihr im Buschland. Hyänen hatten schon den Körper in Stücke gerissen und verschleppt.

Der Geländewagen tauchte Monate später in Sambia auf einem illegalen Automarkt auf und die Spur konnte von der Polizei nicht zurückverfolgt werden.

Auch die beiden Jagdführer, als Hauptverdächtige, verschwanden für immer irgendwo in Südafrika!

Für Markus Weber war von einem zum anderen Tag eine Welt zusammengestürzt. Er hatte seine überaus geliebte Frau und die Mutter seines Sohnes auf eine bestialische Art und Weise verloren.

Tagelang verkroch er sich im Farmhaus, kam dann wortlos mit einem Gewehr bewaffnet heraus, um dann tagelang mit dem Geländewagen das Farmland zu durchkreuzen um die Mörder seiner Frau zu finden.

Ergebnislos kehrte er dann, völlig abgemagert und verstört auf die Farm zurück.

Er sah um Jahre gealtert aus, mit seinen plötzlich ergrauten Haaren und seinen traurigen Augen, die tief in den Augenhöhlen lagen.

Niemanden ließ er an sich heran, außer Maria die für ihn und seinen Sohn sorgen durfte.

Schon früh am Morgen bereitete Maria das Frühstück vor und kochte das Essen für die beiden.

Gesprochen wurde dabei nur das Allernotwendigste. Barbara durfte nicht erwähnt werden und war als Thema absolut tabu.

Eine trostlose Stimmung hatte sich unter allen Bewohnern der Farm ausgebreitet und lag schwer in allen Köpfen.

Für Maria war es selbstverständlich, jetzt das zurückzugeben, was sie an Zuwendung und Fürsorge von dem Farmerehepaar erhalten hatte.

Dabei hatte sie all die Jahre dieses Paar ob ihres Glückes bewundert und Markus heimlich verehrt. Ihre Zuneigung hatte sie allerdings geschickt verborgen um das Miteinander in der Familie nicht zu stören.

- Guten Morgen, Master haben sie heute Nacht etwas besser geschlafen? - begann sie mit Markus ein zwangloses Gespräch. Er nickte nur und wandte sich mit versteinerter Miene, dem von Maria liebevoll hergerichteten, Frühstück zu.

- Wäre es ihnen recht, wenn ich in die kleine Kammer am Ende des Flurs einziehen würde? - fragte Maria und fuhr fort - Dann könnte ich mich wesentlich

besser um sie und den kleinen Jungen
kümmern? -

Markus hatte schon ein - Nein- auf der
Zunge, dachte aber an den kleinen Volker,
der jetzt nach dem Verlust der Mutter,
Maria noch nötiger brauchte als je zuvor.

- Einverstanden, aber nur so lange bis ich
eine Haushälterin gefunden habe.-
antwortete er, stand auf und verließ das
Farmhaus.

Maria schaute ihm mit sorgenvollen
Blicken nach und dachte - Wann wird er
seinen großen Schmerz überwinden und
jemals wieder ein glückliches Leben
führen können? -

Als sie dann in die Kammer eingezogen
war, widmete sie sich noch mehr dem
Witwer und las ihm jeden Wunsch von
den Augen ab.

Sie übernahm mit großer Hingabe die
Mutterrolle, obwohl sie selbst gerade erst
einundzwanzig Jahre alt geworden war.
Der kleine Volker, der seine Mutter sehr
vermisste, klammerte sich immer mehr an
Maria.

Sie war für ihn mehr als ein Ersatz und liebte sie über alles.

Auch für die Bediensteten war Maria eine wichtige Ansprechpartnerin geworden.

Dabei wurde sie ohne große Probleme oder Eifersüchteleien von fast allen akzeptiert, so als hätte sie die Rolle von Babara Weber übernommen.

Ihr selbst war nicht wohl bei all der Verantwortung, die sie übernahm und nachts, wenn sie wach lag, dachte sie oft: - Wie soll es weitergehen auf der Farm und hoffentlich mache ich alles richtig.-

Als es Frühjahr wurde und die ersten Antilopen mit ihren Kälbern zu sehen waren, hatte Markus dank der Zuwendung von Maria, den großen Schmerz, der sich seiner Seele bemächtigt hatte, fast überwunden.

Maria freute sich, wenn er manchmal sogar lächelte und über die Zukunft sprach.

- Wir müssen Volker so langsam auf den Schulbesuch vorbereiten. Maria bitte mache doch täglich mit ihm ein paar Rechenübungen, damit wir ihn ende des Monats ins Internat nach Windhoek bringen können.- sagte er eines Morgens, bevor er mit dem Rundgang auf der Farm begann. Die Farmerkinder waren alle so weit von den Schulen entfernt, so dass nur die Internatsunterbringung möglich war.

Maria, die eine weiterführende Schule besucht hatte, machte sich mit großem Eifer an diese neue Aufgabe und bereitete den Jungen auf die Einschulung vor. Der tägliche Unterricht wurde fast preußisch genau, immer von 10-12 Uhr, von ihr abgehalten und selbst Ausflüge zu den Nachbarn mussten zurückstehen. Als dann der Tag der Einschulung nahte, hatten alle Beteiligten ein beklommenes Gefühl im Magen. Es lag so etwas wie Abschied in der Luft.

Die Fahrt nach Windhoek war demzufolge tränenreich und Volker ließ sich nur damit trösten, dass Maria und sein Vater ihn einmal im Monat besuchen würden. Während der Rückfahrt am späten Abend, saßen beide gedankenverloren nebeneinander im Geländebus. Insgeheim wussten beide, dass nun wieder ein völlig neuer Lebensabschnitt auf der Farm beginnen würde.

Volker würde eine Lücke hinterlassen!

Am nächsten Morgen beim Frühstück sah Markus, dass Maria gedankenverloren und nicht so fröhlich wie sonst am Tisch saß.

- Was bedrückt dich Maria? - sprach Markus - Trauerst du dem kleinen Volker nach? - - Das auch- antwortete Maria- , es gibt da aber auch ein Problem, das ich mit ihnen klären muss, Master.-

Verdutzt blickte Markus auf:- Ein Problem mit mir? - fragte er ungläubig.

- Ja, ja! - und stotternd fuhr sie fort, - Wir sind jetzt hier im Haus ganz alleine, wir beide ...also wir leben wie Mann und Frau jetzt hier. Was werden die Leute, die anderen Farmer, dazu sagen? Vielleicht wäre es besser, wenn ich in mein Gesindehaus zurückkehren würde? - Kommt gar nicht in Frage, Maria, das

Geschwätz der Leute kümmert mich nicht und es gibt keinen Grund dafür! -

Maria schüttelte stumm den Kopf, sah ihn lange an und dachte dabei: - Welsch ein mutiger Mann, hier in Namibia mit einer schwarzen Frau allein unter einem Dach zu leben.- Ihr Herz schlug höher dabei und ihre Gefühle zu ihm begannen von diesem Tag an zu wachsen.

Tage später erwachte Maria aus einem Traum. Sie hatte im Traum ein Zwiegespräch mit Barbara, die vor ihr gestanden hatte und sie bezaubernd anlächelte: - Nimm dir meinen Markus, du hast es dir verdient! -

- Unsinn - dachte sie es war ja nur ein Traum oder war es doch ein Hinweis für weiteres Leben? -

Die drei Jagdgäste, die schon ein paar Tage auf der Farm waren und bereits mehrere Warzenschwein-Keiler, sowie zwei Kuhantilopen erlegt hatten, waren erfahrene Afrikajäger. Als sie mit Markus über die Möglichkeit einer Leopardenjagd sprachen, willigte dieser auch spontan ein.

- Oben im Norden, da hat ein Leopard schon einige Kälber von Kuhantilopen gerissen.- sagte er - Es ist ein altes Weibchen, dass ich schon im vorigen Jahr bejagen wollte, wir können morgen dorthin fahren.-

Als sie am nächsten Morgen die Spur des Leoparden im flachen Savannenland aufnahmen und ihr folgten, war die Stimmung geradezu euphorisch, getragen von der sich breit machenden Jagdleidenschaft.

- Wir müssen mit größter Aufmerksamkeit pirschen und wenn einer von ihnen schießt, dann mit großer Sorgfältigkeit. Ein verletzter Leopard ist ein höchst gefährlicher und oft tödlicher Angreifer! - warnte Markus die Jagdtruppe.

In der Mittagszeit, während der größten Hitze, machten sie eine Pause im Schatten der Savannenbäume.

Nach kurzem Strategiegespräch ging es dann am späten Nachmittag weiter. Als sie die Raubkatze zum ersten Mal erblickten, folgten sie ihr vorsichtig, die Waffen im Anschlag.

Die Katze kletterte auf einen Baum und verharrte in der Krone um nach Beute auszuspähen.

Einer der Jäger legte sich in Schussposition und als die Leopardin den Baum verlassen wollte, schoss er mit seiner großkalibrigen Jagdbüchse.

- Vorsicht- rief Markus; - Sie ist nur verletzt und wird angreifen.-

Was dann geschah konnte im Nachhinein nur sehr mühsam rekonstruiert werden.

Der Leopard kam in langen Sätzen blitzschnell auf die Jäger zu und sprang den ersten Schützen mit einem riesigen Satz an, zertrümmerte mit einem Tatzenhieb dessen Kopf.

Bevor sie den zweiten Jäger erreichen konnte, warf sich Markus schützend dazwischen und konnte dem Leoparden einen tödlichen Schuss anbringen, der ihn aber noch mit einer Tatze am Kopf streifte, bevor er verendete. Markus, der sofort bewusstlos wurde, hatte eine Wunde an der Schulter und ein Ohr war durch den Tatzenhieb abgerissen.

Die Jagdkollegen leisteten sofort erste Hilfe und als er aus der Bewusstlosigkeit erwachte, konnte er sich an nichts mehr erinnern.

Seine ersten Worte waren: - Bitte verständigt Maria- , danach fiel er wieder in die Ohnmacht.

Als der Hubschrauber mit einem Arzt eintraf, hatte er viel Blut verloren und wurde sofort in ein Krankenhaus nach Windhoek geflogen.

Bei dem zweiten Jäger konnte nur noch der Tod festgestellt werden.

Nach acht Tagen hatte Markus das Schlimmste überstanden und wurde auf seinen Wunsch hin, bis zur völligen Genesung, auf seine Farm gebracht.

Maria, die ihn sofort in sein Schlafzimmer brachte, hatte die letzten Nächte kein Auge zu getan und war voller Sorge. Jetzt wachte sie Tag und Nacht an seinem Bett, wechselte die Verbände, reichte ihm seine Medizin und spendete ihm Trost, wenn er voller Schmerz nicht schlafen konnte.

Wenn Markus dann überwältigt vom Schlaf dann endlich einschlief, dann schaute sie ihn mit großen, mitleidigen Augen an und flüsterte: - Mein Gott, lass ihn wieder gesund werden- .

Sie strich ihm über seine Haare, legte ihren Kopf auf seine Brust und schlief dann oft in dieser Stellung dann selbst ein.

Die aufopfernde Pflege von Maria zeigte nach einigen Wochen ihre Wirkung.

Markus W. Weber erholte sich zusehends und die Wunden begannen zu verheilen.

In diesen endlosen Nächten und Tagen kamen sich Maria und Markus immer näher. Es entstand eine Vertrautheit, die es vorher nie gegeben hatte und ihre Blicke begegneten sich liebevoll.

Eines Abends umarmte er sie zärtlich, als er nach einem Verbandswechsel zuwandte: - Maria ich habe dir unendlich viel zu verdanken! Du hast mir das Leben wiedergegeben. Ohne dich hätte ich es nie geschafft! -

Sie lächelte ihm zu und setzte sich auf die Bettkante: - Ohne dich Markus wäre mein Leben trostlos. Ich könnte ohne dich nicht leben! -

Sie nahm seinen Kopf zwischen ihre Hände und küsste ihn zart auf seine Lippen.

Als er sie dann auf sich herunterzog wurden beide von einer Leidenschaft ergriffen, die sich schon seit längerer Zeit aufgestaut hatte.

- Ich will dich- flüsterte sie Markus ins Ohr, dabei wurden sie von einer Woge der Leidenschaft und Hingabe davongetragen. Ihr herrlicher, zarter Körper wurde von extasischen Zuckungen erfasst.

Sie verloren alles Zeitgefühl und liebten sich immer wieder, bis in die Morgenstunden.Als sie dann in seinen Armen einschlief, war es für beide der Beginn für ein neues, zukünftiges Leben. Die Bediensteten auf der Farm nahmen die neue Rolle von Maria ohne Vorbehalte zur Kenntnis.

Sie hatten sich daran gewöhnt, dass Maria die Geschicke der Farm immer mehr in die Hand nahm und der Einzug ins Farmhaus als Frau an der Seite von Markus, war eine willkommene Abwechslung für das Farmleben.

Die Liebe bekam Maria offensichtlich sehr gut. Sie strahlte eine hohe Zufriedenheit aus und wurde noch weiblicher als sie schon war.

Begehrliche Blicke der jungen Männer auf der Farm begegnete sie mit freundlicher Ablehnung.

Auch Markus hatte seine frühere, lebensbejahende und frohe Art das Leben anzugehen, wiedergefunden.

Als die nächste Farmerversammlung in Windhoek, mit großem Galaprogramm bevorstand, bat er Maria ihn zu begleiten.

- Maria, wir werden einen Tag früher nach Windhoek fahren, damit du dir dort noch passende Kleider für diesen Anlass kaufen kannst. Schließlich repräsentierst du jetzt auch unsere Farm, an meiner Seite.-

Maria war darüber hoch erfreut und sehr zufrieden mit dieser Entwicklung ihrer Partnerschaft. Diese Wertschätzung von Markus war für sie die offizielle Bestätigung, auch ihrer gesellschaftlichen Rolle.

Etwas nachdenklich wandte sie jedoch ein:- Werden die anderen weißen Farmer genauso tolerant gegenüber einer schwarzen Frau sein? -

- Wenn sie dich nicht akzeptieren, dann schließen sie auch mich damit aus, mein Herz- antwortete er und nahm sie fest in seine Arme.

- Keiner wird unser Glück zerstören! - war seine abschließende Anmerkung.

Am Vortag zur Farmerversammlung, führte er Maria in Snyders-Fashion-Store und sah bewundert zu, wie Maria verschiedene Kleider anprobierte, von denen sie bisher nur träumen konnte. Ein rotes Kleid, mit einem fast zu gewagten Ausschnitt, und körpernah geschnitten, wählte sie aus. Eine Kette aus roten Korallen zierte ihren schlanken Hals, als sie etwas später an der Seite von Markus in die Festhalle eintrat.

Die festlich gekleideten Damen und Herren standen, mit einem Glas Champagner, in der hellerleuchteten Empfangshalle und wandten sich dem neu eingetretenen Paar zu.

Ein leises Raunen ging durch die Halle, als Jan-Hermann Lüders, der Präsident der Farmerassoziation, auf Markus zuging und ihm die Hand reichte. Sein Lächeln gefror zu einer abweisenden Grimasse, als er Maria an seiner Seite erblickte: - Markus sorry, aber Bedienstete haben hier keinen Zutritt! -

- Sie ist keine Bedienstete, Maria ist meine Lebensgefährtin, die an meiner Seite als Partnerin lebt.-

Der Präsident schüttelte seinen Kopf und antwortete mit gefrorener Stimme; - Wir haben unsere Apartheid-Klausel in unserer Satzung. Sie schließt Farbige per Statut grundsätzlich aus! - Mit zorniger

Stimme antwortete Markus: - Dann erkläre ich hiermit meinen Austritt aus dieser Farmer-Assoziation, die immer noch Menschen in schwarz und weiß aufteilt.- und verließ mit Maria grußlos die Festhalle.

Maria war tief berührt wegen dieser schroffen Ablehnung. Tränen rannen ihr die Wangen herunter.

Markus nahm sie beschützend in die Arme und trotzig stellte er fest: - Dann eben ohne diese feinen Herren der Farmerschaft. Wir werden auch ohne sie unsere Farm bewirtschaften und glücklich dort leben! -

Dieses Ereignis sprach sich sehr schnell auf allen Farmen herum und war geradezu eine Revolution, die einen völlig neuen gesellschaftlichen Weg aufzeigte.

Maria wusste, dass ihr Leben damit schwieriger und für Markus einsamer werden würde.

Sie selbst hatte von den weißen Farmern nichts anderes erwartet. Farbige waren eben nur Arbeitskräfte, aber keine Partner auf der gleichen Gesellschaftsstufe, auch wenn eine schwarze Regierung seit kurzem das Land regierte.

Viel tiefer berührte sie die Ablehnung der Menschen mit ihrer Hautfarbe, die ihren Aufstieg mit Missgunst betrachteten und sie hinter hervorgehaltener Hand als Farmerhure bezeichneten.

Oft lag sie noch wach neben Markus und dachte darüber nach, was würde, wenn sie ein Kind von ihm bekommen würde. Wie würde die Gesellschaft dieses Kind annehmen? Bekäme es überhaupt eine Chance in dieser zweigeteilten Gesellschaft?

All diese Sorgen und Überlegungen hielt sie von Markus verborgen.

Bis dann an einem Nachmittag der Vertreter der - Jagdvereinigung- aus Windhoek, ein rothaariger, großer Jäger an der Türe klopfte und Markus besuchen wollte.

Maria bat ihn ins Wohnzimmer, servierte ihm einen Tee und musste ihm leider mitteilen, dass ihr Mann sich auf einer

Safari befände und erst morgen wieder hier sein würde.

Dabei bemerkte sie sofort seine begierigen, lüsternen Blicke, die sie förmlich entkleideten.

- Oh, das ist aber schade, aber vielleicht können wir uns bei einem Wiskhy unterhalten.- ?

- Selbstverständlich bringe ich ihnen einen Wiskhy, aber ich muss leider verzichten.- sagte sie kühl und ging in die Küche.

Gerade als sie den Wiskhy einschenken wollte, stand er plötzlich hinter ihr, hob ihr das Kleid hoch und presste seinen starken Körper mit voller Leidenschaft gegen ihren.

- Komm ich besorg es dir- keuchte er und obwohl sie sich mit aller Kraft wehrte, gelang es ihm, sie auf den Küchentisch zu drücken und in sie einzudringen.

Sie schrie, kratzte und biss ihn in seine Arme. Trotzdem gelang es ihm sie zu entblößen. Sie beugte sich ganz nach vorne, sodass sie eines der großen Küchenmesser ergreifen konnte. Mit letzter Kraft stieß sie das große Messer seitlich in seinen Bauch und als er aufschreiend nach hinten fiel, rammte er sich beim Aufprall das Messer tief in seinen Körper.

Zitternd und völlig aufgelöst starrte sie auf den, in einer großen Blutlache liegenden Vergewaltiger, der nach kurzem röcheln die Augen verdrehte und kein Lebenszeichen mehr von sich gab.

Als sie noch so zitternd dastand, stürmte der Vorarbeiter der Farm, bewaffnet mit einer Axt, in den Raum. - Mein Gott Maria, ich habe deine Schreie gehört. Bist du verletzt? - Sie schüttelte ihren Kopf und er stellte fest: - Das weiße Schwein ist tot! -

Als Markus auf die Farm zurückkam, hielt der Range-Rover der Polizei vor der Farm.

Er dachte beim Hineingehen: - Na, da werden sie wieder einen Viehdieb erwischt haben.- Als er in das geräumige Wohnzimmer eintrat, da erkannte er sofort an dem aschfahlen Gesicht von Maria, dass etwas Schlimmeres vorgefallen war.

Den Bericht der Polizisten nahm er ungläubig und kopfschüttelnd zur Kenntnis. Schützend stellte er sich vor Maria und erklärte: - Gut das ich nicht früher zurückkam. Ich hätte ihn sofort erschossen. Maria trifft keine Schuld, es war reine Notwehr! -

Der Officer wandte sich ihm zu und erklärte: - Markus wir glauben Maria, aber wir müssen sie, bis zur völligen Aufklärung, nach Otjiwarongo mitnehmen.-

Zitternd und dem Zusammenbruch nahe, stieg die abermals in ihrem Leben Entehrte und Verletzte, in den Ranch-Rover, der kurz darauf die Farm verließ.

Nach einer knappen Woche konnte Markus sie abholen und nach Hause bringen.

Maria war nervlich völlig am Ende. Sie lag nachts neben Markus und weinte still vor sich hin.- Was habe ich nur getan, dass es mich immer wieder trifft? - war die Frage mit der sie ihr Gehirn marterte.

- Vielleicht ist es die Strafe Gottes, weil ich in wilder Ehe mit Markus zusammenlebe.- suchte sie die Schuld immer wieder bei sich selbst.

In diesen dunklen Tagen, kam ein Brief aus Deutschland. Markus war zur Hochzeit eines Cousins in Dresden eingeladen. Er nahm erfreut diese Einladung an und dachte in erster Linie daran, dass für Maria eine solche Abwechslung gut wäre und sie von ihrem Leid ablenken würde.

Als sie dann beide in der Lufthansa-Maschine von Windhoek nach Berlin saßen, da hatten beide Hoffnungen, dass nun alles wieder gut würde.

Am Flughafen Berlin- Tegel erwarteten sie Peter Stahl und seine Braut Sandra.

Herzlich wurden sie begrüßt und Maria spürte sofort, dass sie hier willkommen war. Peter fuhr mit den beiden zunächst durch die Bundeshauptstadt, zeigte ihnen den Reichstag, das Brandenburger Tor

und die Prachtstraße - Unter den Linden- ,
die nun wieder in ihrem ehemaligen Glanz
erstrahlte.

Maria und Markus kamen aus dem
Staunen nicht heraus und als sie im Hotel
Adlon ein echtes deutsches Bier in der
großen Empfangshalle tranken und die
feine Gesellschaft dort sahen, da wurde
ihnen schlagartig klar, wie einfach sie in
Namibia lebten!

Tief beeindruckt fuhren sie dann am
Abend nach Dresden, wo Peter ein
schönes Haus mit Elbblick besaß.

Dort wurden sie von den Verwandten und
Freunden des Brautpaares herzlich
begrüßt.

Maria hatte dann nach wenigen Tagen die
schrecklichen Ereignisse in Namibia
vergessen und genoss diese, für sie
komplett neue Welt, mit all ihren Sinnen.

Als sie dann am Tag der Hochzeit in der
vordersten Reihe, in der ehrwürdigen
Frauen- Kirche saßen und das Brautpaar
vor sich am Altar knien sahen, da
wünschte sich Maria sehnsüchtig, anstelle

der Beiden, mit Markus dort knien zu dürfen.

- Wären wir doch auch vermählt, dann würden die gehässigen Stimmen auf der Farm verstummen und sie würde dann als Ehefrau von Markus akzeptiert.- dachte sie und sah die Hochzeitszeremonie wie einen Film vor sich ablaufen.

Vor dem Kirchenportal stellten sich dann alle Gäste zu einem Hochzeitsfoto auf.

Nach altem Brauch, warf die Braut ihren Brautstrauß in die Schar der Gäste und wurde von...Maria aufgefangen und war damit die nächste Aspirantin für eine Hochzeit.

Markus nahm sie in seine Arme und flüsterte ihr ins Ohr: - Maria, sobald wir zurück sind in Namibia, heiraten wir und gründen eine neue Familie! -

Maria war bei dieser Hochzeit in Dresden glücklich und ausgelassen. Sie tanzte fast jeden Tanz mit Markus und trank, was sie sonst vermied, auch ein paar Gläser Wein, die ihre Stimmung weiter beflügelten. Spät in der Nacht stiegen beide ins Bett und ließen ihren aufgestauten Gefühlen freien Lauf. Es war eine der schönsten Liebesnächte, die beide bisher miteinander verbracht hatten. Kleine, spitze Schreie ausstoßend, geriet Maria in Extase und erreichte zusammen mit Markus einen Höhepunkt, der ihr die Sinne raubte.

Erst als der Morgen graute, sanken beide in ihre schweren Kissen und schliefen innig umarmt ein.

Am nächsten Tag fuhren sie nach Magdeburg, wo Markus ebenfalls noch Verwandte hatte, die sie freudig begrüßten. Maria gegenüber verhielten sie sich eher ablehnend und sehr förmlich.

Nach einem Abendessen zu zweit, verließen sie gegen Mitternacht, vergnügt eine Gaststätte um ihr Hotel aufzusuchen.

Etwa nach zweihundert Metern, kam ihnen eine Gruppe kahlrasierter, stiefeltragender und offensichtlich angetrunkener Jugendlicher entgegen.

Als sie auf gleicher Höhe mit Maria und Markus waren, rief der größte Bursche ihnen zu: - Na du Negerhure, sollen wir es dir einmal besorgen? Ihr Negerhuren habt ja immer mehrere Stecher! -

Markus bemerkte sofort die Gefährlichkeit der Situation und stellte sich abwehrend zwischen Maria und den Rabauken.

- Was willst du denn du Negerficker? - tönte der Anführer und stürzte sich ohne Vorwarnung auf Markus. Er wehrte sich durch ein paar gezielte Fußtritte in die Magengrube des Angreifers, ging aber dann aufgrund der Mehrheit der Angreifer zu Boden.

Sie traten ihn mit ihren Stiefeln in den Bauch und die Rippen. Maria, die sich dazwischenwarf, wurde von einem Faustschlag ins Gesicht getroffen und lag neben Markus, der vor Schmerzen röchelte.

Als Maria aus den Augenwinkeln den herannahenden Streifenwagen sah, ergriffen die Angreifer sofort die Flucht und ließen von ihren Opfern ab. Der angeforderte Krankenwagen brachte beide in die Notaufnahme des nächsten Krankenhauses.

Maria hatte lediglich ein blaues und stark geschwollenes Auge, aber Markus, der sie verteidigt hatte, war deutlich stärker betroffen.

Beim Röntgen wurden drei Rippenbrüche und eine starke Platzwunde am Kopf festgestellt.

Die Ärzte versorgten die Wunden und beide blieben zur Beobachtung noch zwei Tage im Krankenhaus.

Maria war durch diesen grausamen Angriff stark betroffen und eine große Verbitterung kam in ihr hoch.

- Auch in Deutschland ist die Toleranz gegenüber Farbigen nicht überall vorhanden.- dachte sie und der Fremdenhass, der dabei sichtbar wurde, war erschreckend.

Damit hatten beide nicht gerechnet.

Sie beschlossen deshalb ein paar Tage früher die Rückreise nach Namibia anzutreten. Auf der Rückfahrt von

Windhoek berichtete der Vorarbeiter, dass Wilderer ihr Unwesen auf dem Farmgelände trieben. Es wurden vereinzelt Schüsse gehört und die eine oder andere Antilope wurde verendet gefunden.

- Wir vermuten, dass die Wilderer aus dem nah gelegenen Lager der Angola - Flüchtlinge kommen.- teilte der Nachbarfarmer Markus mit.

- Sei auf der Hut, die Leute sind sehr gefährlich und haben im Norden erst kürzlich einen Farmer erschossen! -

In den nächsten Tagen durchquerten Markus und der Vorarbeiter regelmäßig das Farmgelände, in der Hoffnung so die Wilderer abwehren zu können.

- Es wird sicher nur durch einen Zufall möglich sein die Wilderer zu erwischen.- erklärte er nach Rückkehr Maria, die sehr besorgt war.

Volker, der nun kurz vor der Hochschulreife stand, war, wie in jedem Jahr, in den Ferien auf der Farm. Er war inzwischen ein hochgewachsener, kluger junger Mann geworden, der immer mehr Ähnlichkeit mit seinem Vater Markus hatte.

Indes war das Farmerleben nicht seine Sache und nur mit viel Mühe konnte Maria ihn bewegen, seinem Vater bei der Farmarbeit behilflich zu sein.

Er saß viel lieber an seinem PC und beschäftigte sich mit neuen Programmen die er sich aus Deutschland besorgt hatte.

Eines Abends, als er mit seinem Vater und Maria im Wohnzimmer saß, da eröffnete er ihnen, dass er nach der Reifeprüfung, nach Deutschland gehen werde und in Hamburg Mathematik und Informatik studieren wolle.

- Ich habe mich dort bereits angemeldet und werde mich noch in diesem Jahr auf der Uni einschreiben.-

Markus, der ihn ablehnend und fast fassungslos ansah, wollte gerade beginnen seine Ablehnung für diese Pläne kundzutun, da kam ihm Maria zuvor, als sie sagte: - Hast du dir das wirklich gut überlegt, Volker? Dein Vater hat fest mit deiner Mithilfe hier auf der Farm gerechnet! -

- Tut mir leid, mein Entschluss steht seit Längerem schon fest. Ich möchte einen anderen Weg gehen als mein Vater! - entgegnete er ruhig und gefasst.

Als Maria und Markus im Bett lagen, sagte Markus: - Maria wir sollten jetzt wirklich heiraten und auch an Kinder denken. Bevor Volker nach Hamburg geht sollten wir die Hochzeit feiern.-

Es war dann eine eher stille Hochzeit im kleinen und engsten Kreis.

Maria war eine strahlende und wunderschöne Braut. Ihr Lebensglück und ihre Träume der letzten Jahre, gingen damit in Erfüllung. Auch Sohn Volker, der Maria sehr nahestand, freute sich, dass sein Vater nun eine feste Bindung mit Maria einging.

Das erleichterte ihm auch seinen Weggang nach Hamburg, den er jetzt ohne Gewissensbisse antreten konnte. Nach der Hochzeitsfeier brachten Maria und Markus ihren Sohn Volker zum Airport und verabschiedeten sich unter Tränen voneinander.

- Nun habe ich nur noch dich, Maria, dich und deine Liebe! -

In den nächsten Monaten war es sehr ruhig auf der Farm. Maria und Markus genossen ihre Liebe und hatten sich für die nächsten Jahre eingerichtet.

Ihre Ehe wurde von den Bediensteten voll akzeptiert und Maria hatte Achtung und Wertschätzung Aller.

Mit ihrem Liebreiz und gewinnendem Auftreten, fand sie auch die Bewunderung der Familien auf den Nachbarfarmen, sodass die anfängliche Ausgrenzung mehr und mehr sich verlor.

Als sich dann ein Baby ankündigte, war Markus überglücklich und das Verhältnis zu Maria wurde noch enger als je zuvor.

Beide fieberten dem Tag der Niederkunft entgegen und verbrachten viele Stunden damit, ein helles und freundliches Kinderzimmer vorzubereiten. In diesen glücklichen Tagen, begannen plötzlich wieder die Aktivitäten der Wilderer.

Der Vorarbeiter fand im Norden der Farm ein Kudu-Kalb, das nach einem schlechten Schuss, elend verendet war.

In den nächsten Tagen fand er immer wieder die Spuren der Wilderer, die vor ihm die Flucht ergriffen.

Nachdem die Eingeweide und Häute von mehreren Oryxantilopen gefunden wurden, beschloss Markus, die Suche nach den Wilderern zu intensivieren.

Er schickte den Vorarbeiter mit drei seiner Leute los, die in den nächsten Wochen in der Savanne unterwegs waren.

Er selbst kontrollierte den Grenzabschnitt zum Angolalager, versuchte aber jeden Abend auf der Farm zu sein, um Maria in ihrem Zustand nicht alleine zu lassen.

Maria wurde von Tag zu Tag unruhiger und betete, dass der Ranch Rover mit ihrem geliebten Markus, in die Farm zurückkommen möge! Sie kannte die Brutalität der Wilderer, für die auch ein

Menschenleben keine große Bedeutung hatte.

Markus ließ nicht nach in seinen Bemühungen die Kerle zu fangen und damit das Wildern zu beenden.

Als er an einem frühen Morgen, ca. zwei Stunden von der Farm entfernt, von einem Hügel das Gelände mit dem Fernglas ableuchtete, fiel ein Schuss, der nicht weit entfernt war. Durch das Glas sah er, wie eine Herde Kuhantilopen flüchtete.

Dann sah er zwei Männer, die sich durch die Büsche in Richtung flüchtendes Wild bewegten.

Markus schulterte seine Repetierbüchse und pirschte vorsichtig in diese Richtung, jede Deckung nutzend.

Als er zwanzig Schritt von den Halunken entfernt war, ging er mit der Büchse in Anschlag und forderte sie auf ihre Hände zu heben.

Völlig überrascht ergaben sie sich und hoben die Hände. Markus ging mutig, mit entsicherter Waffe, auf sie zu um sie gefangen zu nehmen. Dabei konnte er nicht sehen, wie ein Dritter Wilderer sich von hinten an ihn heranpirschte.

Das Schrotgewehr war auf den Rücken von Markus gerichtet und als der Schuss brach, spürte Markus noch die zahlreichen Schrotkugeln, die in seinen Körper eindrangen und schockartig ihn zu Boden rissen.

Sein Herz begann wild zu klopfen, der Körper wurde von einer einzigen Kältewelle erfasst und verkrampfte sich zunehmend.

Bevor es schwarz um ihm wurde, ging sein Gedanke an Maria und sein ungeborenes Kind, durch sein sterbendes Gehirn.

Maria war an diesem Tag besonders nervös und unruhig. Sie wanderte im Haus hin und her und wartete auf Markus.

Als er heute früh die Farm verließ, hatte sie ein ungutes Gefühl und sie hätte ihn am liebsten zurückgehalten. Aber sie wusste, dass er sich nicht aufhalten ließ und er die Wilderer finden musste um weiteren Schaden von der Farm abzuhalten. Außerdem hasste er die Art und Weise wie diese Banditen die Tiere abschlachteten, die Kühe von ihren Kälbern wegschossen und verletzte Tiere einfach ihrem Schicksal überließen. Viele Kälber wurden so zu wehrlosen Opfern von Raubtieren.

Sein größter Wunsch war deshalb diesen Tierquälern das Handwerk zu legen.

All diese Dinge gingen Maria durch ihren Kopf und als bereits später Nachmittag war, konnte sie ihre Unruhe, die sich immer mehr steigerte, nicht mehr beherrschen und funkte den Vorarbeiter mit seinen Leuten an., der ca. zwei Stunden von Markus entfernt war. Sie beorderte den Vorarbeiter sofort zu diesem Ort zu fahren um Markus zu suchen.

Ihr ängstliches Zittern in der Stimme, das bei Maria völlig untypisch war, bewog den Vorarbeiter mit seinen Leuten sofort aufzubrechen um Markus zu suchen. Maria saß auf der Veranda des

Farmhauses als der Lichtkegel eines herannahenden Fahrzeuges sich durch die afrikanische Nacht fraß und nach einigen Kilometern die Zufahrt zum Farmhaus einschlug.

Es war der Ranch Rover des Vorarbeiters, der mit hoher Fahrt in den Innenhof einbog.

- Habt ihr Markus gefunden, wo ist er? - rief sie aufgeregt den Männern zu, die merkwürdig lange hinter dem Geländewagen standen.

Sie holten von der Pritsche etwas in Decken Gewickeltes sehr vorsichtig herunter.

Stumm standen sie mit gefalteten Händen um dieses Bündel herum und als Maria ihren Kreis betrat, sah sie die Tränen in ihren Gesichtern, der sonst so harten Jagdhüter.

Der Vorarbeiter nahm Marias Hand und flüsterte mit schmerzverzerrter Stimme: - Sie haben Markus in den Rücken geschossen, diese Schweine…er hatte überhaupt keine Chance.- Maria beugte sich nach unten und öffnete den oberen Teil der Decke. Ein markerschütternder Schrei kam von ihren Lippen als sie das blutverschmierte Gesicht von Markus sah, welches bleich und verzerrt aus der Öffnung herausragte.

- Nicht weiter öffnen- flüsterte der Vorarbeiter Maria zu. - Du wirst ihn nicht wiedererkennen, die Hyänen-! und fing Maria im letzten Moment auf, bevor sie ohnmächtig zu Boden sank.

Als sie aus ihrer Ohnmacht erwachte, standen alle Bediensteten um ihr Bett versammelt, weinten und beteten.

Sie hatten Markus, wie es auf diesen Farmen üblich war, neben ihr aufgebahrt und in weiße Tücher gehüllt.

Sie fingen in der Sprache der Hereros den Totengesang anzustimmen.

Maria lag daneben und war unfähig sich zu bewegen. Sie hörte regungslos den Klageliedern zu, die von einem tapferen Krieger handelten, der nun in die Obhut Gottes gegangen war. Auch am nächsten Tag war sie unfähig sich vom Bett zu erheben und irgendetwas zu tun. Sie war wie gelähmt und völlig apathisch.

Als der Pfarrer aus Otjiwarongo kam, stand sie auf, legte ein schwarzes Kleid an und kniete den ganzen folgenden Tag vor dem Toten und betete.

Die Beerdigung und die Trostworte der Nachbarfarmer gingen wie ein Film an ihr vorbei, ohne dass sie ein Gefühl entwickeln konnte.

Am Grab saß sie zwei Tage und Nächte, weinte still vor sich hin und als sie entkräftet zusammensank, trugen die Bediensteten sie ins Farmhaus.

Dr. Jason, der Arzt aus Otjiwarongo, gab ihr eine Spritze, worauf sie tagelang im Halbschlummer verbrachte. Dabei wurde ihr Zustand immer bedenklicher, sodass alle auf der Farm um ihr Leben bangten.

Nach acht Tagen, als niemand mehr an eine Wende des Schicksals glaubte, da tauchte plötzlich und unerwartet Volker auf der Farm auf. Er war auf einer Studienreise in Kanada gewesen und die Nachricht vom Tod seines Vaters traf ihn völlig unerwartet während einer Vorlesung in Montreal.

Er eilte soll schnell wie möglich nach Hamburg zurück und flog dann nach Windhoek.

Er fand Maria in einem äußerst kritischen Zustand, abgemagert und völlig willenlos lag sie in Ihrem Bett, starrte an die Decke, ohne von jemanden Notiz zu nehmen.

Volker war entsetzt als er sie im Bett aufsetzen wollte und feststellen musste, dass sie völlig ausgemergelt, hilflos und nicht in der Lage war sich zu setzen.

Sie erkannte ihn zwar, aber zeigte sonst keine Reaktion.

Tag und Nacht blieb er an ihrem Bett, flößte ihr heißen Tee und später Fleischbrühe ein.

Er wusch sie und stellte dabei auch fest, dass ihre Niederkunft in den nächsten drei bis vier Wochen bevorstand.

Nachdem sie sich nach einer Woche etwas erholt hatte, sucht er das Gespräch mit ihr.- Du musst essen und viel trinken, bitte denke an das Kind, gib ihm eine Chance! Du musst schnell zu Kräften kommen, Maria und Markus werden in deinem Kind weiterleben, bitte vergiss das nicht! -

Sie schaute ihn mit großen Augen an und schüttelte kaum wahrnehmbar den Kopf.

- Bitte versündige dich nicht an deinem ungeborenen Kind, du musst seinem Leben Vorrang geben vor deiner Trauer! -

Nach zwei Tagen, als sie sich schon im Bett aufsetzen konnte lächelte sie Volker an und flüsterte: - Danke Volker, dass du gekommen bist, ich will das Kind gebären, hoffentlich ist es gesund.-

Von nun an ging es Maria jeden Tag etwas besser und nach zwei Wochen stand sie fast wie früher in der Küche der Farm und bereitete das Frühstück vor.

Volker nahm sie in seine Arme und flüsterte ihr zu: - Ich wusste, dass du das Leben bevorzugen würdest, auch deinem ungeborenen Kind zu liebe! -

Als dann am nächsten Tag die Wehen einsetzten, kam die Nachbarin, die bereitsmehrere Kinder zur Welt gebracht hatte und fungierte als Hebamme.

Volker wartete artig in der Wohnstube des Farmhauses und war so nervös, als ob er der Vater des Kindes wäre.

Nach zwei Stunden hörte er das Schreien des Neugeborenen. Es war ein prächtiger, gesunder Junge, 3900 Gramm schwer.

Maria schaute überglücklich zu Volker auf und flüsterte: - Ich danke dir Volker, du hast dem Kind und mir das Leben gerettet! - ...und mit trüber Miene fügte sie hinzu.- Ach wie gerne hätte ich den Knaben Markus in die Arme gelegt- !

Dann schlief sie vor Glück und Erschöpfung ein und Volker dachte an seinen viel zu früh verstorbenen Vater, der nun Frau und Kind hinterließ.

- Was wird nun aus beiden werden- dachte er und schaute über das weite Farmland hinaus.

- In diesen unsicheren Zeiten fehlt hier ein Mann der sich um alles kümmert.- grübelte er weiter. Er hatte einen anderen

Weg eingeschlagen, der in Hamburg jetzt erst richtig begonnen hatte, und aus dem er jetzt nicht aussteigen konnte, auch wenn die Farm, Maria und das Neugeborene ihm sehr am Herzen lagen.

Volker war an der Universität die rechte Hand des Professors und war bereits ein ausgewiesener Fachmann für die Anwendung neuer elektronischer Systeme, die auch militärisch genutzt wurden.

Ihm stand deshalb eine glänzende berufliche Zukunft bevor und wurde bereits von großen Konzernen umworben.

- Nein, sagte er, auch wenn ich hier gebraucht werde, ich kann jetzt nicht zurück.-

Maria akzeptierte seinen Entschluss ohne jegliches intervenieren oder klagen.

Als dann nach vier Wochen der Abschied kam, drückte sie ihn fest an sich, küsste ihn und verabschiedete sich mit den Worten:- Bitte vergiss uns nicht auf unserer Farm und besuche uns so oft wie möglich! - In den nächsten Wochen übertrug Maria die Aufgaben auf der Farm dem Vorarbeiter, ließ sich aber jeden Tag über die Geschehnisse informieren und erkundigte sich auch persönlich durch Rundgänge über den Zustand der Farm.

Vieles war in den letzten Wochen vernachlässigt worden und lag im Argen.

Sie spürte an allen Ecken die Abwesenheit von Markus. Seinen Sachverstand und Überblick konnte niemand ersetzen und die Ergebnisse der Farm gingen deutlich zurück.

Zu allem Übel kam dazu, dass sie es versäumt hatten, rechtzeitig sich um Jagdgäste zu kümmern.

Maria wies deshalb den Vorarbeiter an, ausreichend Wild für den Eigenbedarf zu erlegen, damit auf der Farm niemand hungern musste.

Das Geld der Jagdgäste fehlte jedoch. Mit diesem Geld hatten sie in früheren Jahren immer Reparaturen und Neuanschaffungen finanziert. Das waren trostlose Aussichten für die nächsten Monate und als der Regen nun zum dritten Mal ausblieb, wurde das Wasser auf der Farm immer knapper. Notwendig wäre deshalb eine Tiefbohrung für einen Brunnen gewesen, die aber wegen fehlender Finanzmittel nicht durchgeführt werden konnte.

Nachdem die Wasserquellen fast versiegt waren, musste Maria fast den gesamten Viehbestand an Händler aus Südafrika zu Niedrigstpreisen verkaufen.

Wenn es so weiter gehen würde, mussten sie auch mit der Abwanderung der Wildtierbestände rechnen. Die Hardebeest waren schon weiter nach Norden gezogen, andere Spezies würden bald folgen.

Der einzige Lichtblick auf der Farm war der neugeborene Knabe, der prächtig gedieh und dem Sorgen noch fremd waren.

Maria ließ ihn auf den Namen Mark taufen.

Alle auf der Farm hatten ihn liebgewonnen. Er hatte dicke, rosige Bäckchen und strampelte vergnügt in seiner Wiege. Maria hatte ihn zum

Mittelpunkt in ihrem Leben gemacht, wegen der großen Probleme auf der Farm musste sie sich aber notgedrungen mehr mit der Farm beschäftigen.

Als das Notstromaggregat seinen Geist aufgab, verlangte die Reparaturfirma in Windhoek, einen dicken Vorschuss, ohne das die Arbeiten nicht begonnen wurden.

Maria hatte nur noch geringe Geldreserven und konnte diese Anzahlung nicht leisten. Sie versuchte mit dem Vorarbeiter zusammen das Aggregat zu reparieren, was jedoch misslang. Wochenlang hatten sie jetzt keinen Strom und die Farm lag abends völlig im Dunkeln.

Gottseidank wurden die großen Kühltruhen mit Gas betrieben und so war die Lebensmittelversorgung gesichert.

Nach sechs Wochen erhielten sie von dem Nachbarfarmer das notwendige Ersatzteil um damit das Aggregat reparieren und die Stromversorgung wieder aufnehmen zu können. Nachts, wenn Maria stundenlang wach lag, dann dachte sie über die

Zukunft nach und war sehr verzweifelt. Würde sie auf Dauer alleine die Farm führen können?

Das Farmpersonal spürte die negative Entwicklung ebenso und es fehlte an der Führung. Sie wurden immer aufsässiger und verweigerten sogar hie und da die aufgetragenen Arbeiten.

Maria war deshalb gezwungen härtere Maßnahmen zu ergreifen. Sie entließ deshalb zwei Burschen fristlos und jagte sie von der Farm.

Der Vorarbeiter hatte die größte Mühe die anderen Arbeiter im Zaun zu Halten und trotz der schwierigen Lage zur Arbeit zu bewegen.

Kurz bevor rund dreihundert Ziegen verkauft werden sollten, verschwand nachts eine Herde von über hundert Ziegen, die von den beiden Burschen auf Nimmerwiedersehen gestohlen wurden.

Eine Woche später fanden sie die beiden Schlösser der größten Tiefkühltruhe aufgebrochen und der Inhalt, lebenswichtiges Wildbret; war verschwunden. Tage später wurde es am Schwarzmarkt in Windhoek zum Verkauf angeboten.

So reihte sich eine Misere an die andere und man munkelte unter den Farmern des Umlandes, dass bald die Farm billig zu kaufen wäre.

Maria aber stemmte sich mit all ihren Kräften gegen diese verhängnisvolle Entwicklung.

Sie berief alle Mitarbeiter der Farm und ihre Familien zu einer Versammlung ein.

- Wollt Ihr, dass eure Heimat und euer Brotgeber weiter existiert und diese harten Zeiten übersteht? - rief Maria ihnen zu und wartete bis einer der Älteren Wortführer, der die Akzeptanz der Beschäftigten hatte, nach vorne trat und entgegnete: - Wir alle wollen hier leben und arbeiten, aber wir brauchen einen Master, der uns führt und der, wie damals Markus, von allen akzeptiert wird. Du Maria aber, bist eine von uns. Du gehörst zu deinem Sohn und musst dich ums Haus kümmern! - Alle murmelten verstohlen Beifall und Maria musste erkennen, dass in Namibia den Frauen immer noch eine andere Rolle zugedacht war.

Sie hatte geglaubt, dass im Millennium auch in Afrika ein Wandel in den Köpfen der Menschen eingetreten wäre.

Bitter zuckte sie die Achseln und antwortete erhobenen Hauptes: - Ich werde darüber nachdenken und nach Lösungen suchen. Bitte versprecht mir bis dahin der Farm die Treue zu halten.-

Alle reichten ihr die Hand, als Zeichen ihrer Zustimmung, bevor sie sich entfernten. Die Gefahr eines Boykottes war damit vorerst abgewendet.

Eine andere Gefahr wurde dafür immer bedrohlicher und flößte Maria Angst ein.

Sie war nach der Geburt ihres Sohnes reifer und noch begehrenswerter geworden als vorher. Ihre Figur war etwas fraulicher und sie war noch hübscher geworden. Sie bemerkte die begehrlichen Blicke der Männer die sie unverhohlen anstarrten. In Afrika wurden ledige Frauen noch als Freiwild angesehen, zumal die sexuellen Beziehungen untereinander sehr locker gehandhabt wurden

Eines Morgens wollte sie den Ziegenstall inspizieren.

Kaum war sie im Stall, der etwas dunkel war, eingetreten, als ein Hirtenjunge sich von hinten an ihren Körper presste und sie seine Erregung spürte. Als er sie gegen die Stallwand drückte, konnte Maria ihm nicht mehr entweichen.

Bevor er sie vergewaltigen konnte, trat ein weiterer Hirtenjunge in Raum und vertrieb den Vergewaltiger.

Maria hatte zuerst daran gedacht zu schreien, sah aber davon ab, um die anderen nicht aufmerksam zu machen und sie ging als wenn nichts gewesen wäre zurück ins Farmhaus.

Unschlüssig ging sie dort hin und her, wie eine Löwin, die einen Angriff vorbereitet.

- Wenn ich das durchgehen lasse, dann ist das eine Aufforderung, auch für andere, bestrafe ich aber den Übeltäter, dann werden noch weitere Personen auf meine hilflose Situation aufmerksam.- dachte sie und beschloss mit niemanden darüber zu sprechen.

Zukünftig ging sie aber nur noch mit einer Derringer, einer einschüssigen Pistole, bewaffnet aus dem Haus, um ihre Sicherheit zu verbessern.

An diesem Abend hatte sich ein Immobilienmakler aus Windhoek angesagt. Sie empfing ihn im Wohnzimmer der Farm, begleitet von ihrem Vorarbeiter.

Der Makler war ein rothaariger, stämmiger Mann von irischer Abstammung, der in Namibia alle zu verkaufenden Farmen aufkaufte und in Europa neue Interessenten bewarb, die ihren Traum von einer Farm in Afrika verwirklichen wollten.

Dabei verdiente er Unmengen von Geld, dass er mit leichten Frauen in Johannisburg durchbrachte.

Er starrte Maria zunächst auf ihre wundervoll geformten Beine, tastete ihren gesamten Körper wie ein Fleischbeschauer mit Blicken ab, um dann mit einer hohen, schrillen Stimme ihr unvermittelt die Frage zu stellen: - Was soll sie kosten die Farm? -

- Wer sagt dass ich verkaufen will? - antwortete Maria.

- Alle Welt spricht davon, Lady, dass sie die Farm nicht mehr halten können! Also reden wir nicht lang drum herum, ich biete ihnen eine Million.-

Maria schluckte und antwortete mit deutlichem Zorn in der Stimme: - Das Angebot ist eine Frechheit, sie wissen genau so wie ich, dass die Farm das fünffache Wert ist! -

- Ok- , antwortete der rothaarige Moneymaker, - dann werde ich noch ein paar Monate warten, dann wird der Preis unter einer Million liegen.- stand auf und verließ die Farm.

- So ist das also, - dachte Maria, - sie haben meine Farm zum Abschuss freigegeben! - Sie würde unter diesen Bedingungen nicht verkaufen, das war sie

Markus und ihrem Sohn schuldig und Volker hatte auch ein Mitspracherecht.

Die Tage auf der Farm plätscherten dahin, ohne das viel passierte oder eine Wende sich andeutete.

In den letzten Tagen weigerten sich die Ziegenhirten mit ihrer Herde weitere Wanderungen zu unternehmen, da zwei alte Löwinnen ihr Unwesen auch auf dem Gebiet der Farm trieben.

Alte Löwen, die nicht mehr fähig sind Wild zu jagen, werden sehr oft eine große Gefahr für die Menschen und die Haustiere. So hatten diese Löwinnen einen Viehhirten unmittelbar an der Grenze zur Farm, nachts aus dem Zelt gezogen und ihn aufgefressen.

Eines Nachts konnte Maria das Brüllen der Löwen nur wenige hundert Meter von der Farm entfernt hören, sodass die Bediensteten am nächsten Tag sich nicht mehr von der Farm entfernen wollten.

Damit hatte sich die Situation auf der Farm so zugespitzt, dass überhaupt keine

Aktivitäten mehr erfolgten und die Farm faktisch ohne Bewirtschaftung war.

Maria war sehr verzweifelt und am Ende ihrer Möglichkeiten angelangt.

- Sollte der rothaarige Immobilienhai doch recht bekommen und die Farm für ein besseres Trinkgeld schlucken? - dachte sie und suchte verzweifelt nach Auswegen.

Der Vorarbeiter berichtete, dass einige der jüngeren Arbeiter die Farm verlassen wollten, wenn die Situation so bedrohlich bliebe.

Maria hatte große Probleme die Rechnungen für die laufenden Ausgaben wie Diesel, Tierarzt und sonstige täglichen Ausgaben zu bezahlen.

Die Bank in Otjiwarango hatte ihr geschrieben, dass eine Ausweitung der Kreditlinie nicht möglich sei und man derzeit eher überlege den Kreditrahmen zu kürzen.

Es schien als ob sich alle gegen Maria verschworen hatten und ein böser Geist sich auf der Farm breit machte. Als sich dann die beiden Löwen einige Mal an der Farmgrenze zeigten und nachts drei Ziegen töteten, da kochte der Unmut der Leute auf der Farm über.

Sie standen vor dem Farmhaus und forderten lautstark, dass man nun gegen die Löwen etwas unternehmen müsste.

In dieser aufgeheizten, ausweglosen Situation geschah etwas, dass man später als Wunder ansehen konnte.

Am späten Nachmittag dieses denkwürdigen Tages, bog ein unbekannter Ranch-Rover in den Hof der Farm ein und zwei Männer entstiegen dem Fahrzeug.

Der eine war groß und braungebrannt mit einem Mächtigen Hut auf dem Kopf und der andere etwas Schmächtigere war... Volker!

Maria begrüßte Volker und den Fremden überschwänglich und rief ihnen zu: - Euch schickt der Himmel, ihr kommt zur rechten Zeit! - Nachdem Volker den Fremden als Studienfreund vorstellte, der in Namibia ein paar Wochen jagen wollte und sie gemütlich beim Wiskhy saßen, begann Volker zu reden: - Maria wir haben bereits in Windhoek von deinen Problemen gehört und dass der Fortbestand der Farm höchst gefährdet sei. Mein Freund und ich wollen hier nicht nur jagen, sondern dir bei der Lösung der Probleme helfen! -

Danach wandte sich Volker seinem Freund mit den Worten zu.- Da werden wir wohl zunächst die beiden Löwen erlegen müssen, um wieder Ruhe auf der Farm herzustellen! -

- Ein hervorragender jagdlicher Einstieg, aber auch nicht ungefährlich, diese alten erfahrenen Katzen, sind mit aller Vorsicht zu bejagen. Lass uns morgen damit beginnen! -

Nachdem Volker und Maria allein waren, sah er sie an und sagte:- Maria jetzt wird alles gut und mein Gott du wirst von Jahr zu Jahr hübscher! -

Die kleine Mark saß dabei auf seinem Schoß, plapperte sichtlich vergnügt vor sich hin und Volker schaukelte ihn hin und her.

Ein Fremder hätte glauben können, dass es sich um Vater und Sohn handelte.

Am nächsten Morgen ließen sich Volker und sein Jagdkollege vom Vorarbeiter über das Jagdgebiet der Raubkatzen und alle bekannten Einzelheiten über ihr Verhalten berichten. Daraus wurde ein Plan zur Bejagung der Löwen entwickelt.

In der Nacht brachten sie eine Ziege mit dem Ranch-Rover in eine drei Kilometer entfernte Salzpfanne in der die Löwen zuletzt gesehen wurden.

Die Ziege wurde nachts in einen sicheren Käfig gesperrt und am Tage dufte sie sich frei im Gelände bewegen. Da sie von der Herde getrennt war, versuchte sie durch eifriges Meckern Kontakt zur Herde herzustellen. Diese Laute sollten die Raubkatzen anlocken.

Volker und sein Freund lagen, jeweils ca. fünfhundert Meter voneinander getrennt auf der Lauer, und leuchteten die Umgebung mit dem Fernglas ab. Am ersten Tag bzw. Nacht passierte nichts, die Ziege wurde im Morgengrauen wieder frei gelassen.

Beim ersten Büchsenlicht lagen die beiden Jäger auf der Lauer.

Nach einiger Zeit konnte Volker dann plötzlich westlich der Ziege den Rücken eines Löwen erkennen.

Die Entfernung lag außerhalb der Schussweite.

Als er die zweite Löwin sich an die Ziege anschleichen sah, war es schon zu spät. Die Löwin trieb das Tier von ihm weg in Richtung der lauernden Jagdkameradin, die dann mit einem riesigen Sprung sich der Ziege bemächtigte und mit einem Prankenhieb tötete.

Als ob sie die Nähe der lauernden Jäger witterten, schleppten sie die tote Ziege immer weiter weg, sodass eine Verfolgung sinnlos erschien.

Bei Anbruch des nächsten Morgens, verließen Volker und sein Kollege das Zelt und pirschten vorsichtig in Richtung des

Punktes an dem sie die Katzen zuletzt gesehen hatten.

Volker verharrte nach einer knappen Stunde plötzlich und wies wortlos auf die frischen Spuren im Sand.

- Hier sind die Löwen heute Morgen durchgezogen- sagte er mit leiser Stimme.

Sie folgten mit durchrepetierter Büchse vorsichtig den Spuren, die sich nach einer längeren Strecke teilten.

Sie folgten nun noch aufmerksamer der zweiten Spur mit den größeren Trittsiegeln und leuchten mit dem Glas von einem Hügel aus der Gegend ab.

Rechts von ihnen begann ein Gelände mit fast mannshohem Savannengras, aus dem urplötzlich die Lauscher eines Löwen herausragten.

- Jetzt gehen wir sie an, aber vorsichtig im hohen Gras ist sie nur sehr schwierig auszumachen.- flüsterte Volker und sein Freund antwortete: - Ich halte mich rechts von dir, um auch eingreifen zu können.- Als sie, mit den entsicherten

Gewehren, sich äußerst vorsichtig nach vorne bewegten, wehte der Wind ideal von der Löwin zu ihnen, sodass sie sehr nahe an die mächtige Raubkatze herankamen.

Volker hob den Arm als Zeichen stehen zu bleiben und sah vor sich das gelb-fahle Fell des Raubtieres in ungefähr hundert Meter Entfernung.

Fast in Zeitlupe ging er in den Anschlag und als der Schuss brach, schnellte die Katze hoch, machte einen Bogen und blieb im Savannengras liegen.

Mit äußerster Anspannung pirschte Volker nach vorne und kurz bevor er die am Boden liegende Löwin erreichte, hörte er plötzlich ein unheimliches Fauchen neben sich.

In den Augenwinkeln sah er einen Schatten auf sich zu fliegen und als der Schuss seines Jagdkameraden ertönte, warf er sich instinktiv zu Boden, so dass die zweite Löwin dicht über seinen Kopf hinwegflog und nach dreißig Metern liegen blieb. Sein Herz raste und kalter

Schweiß stand auf seiner Stirn, als er sah wie sein Freund mit der Büchse im Anschlag sich der Raubkatze näherte.

Sie stießen beide Freudenschreie aus, als sie sich in den Armen lagen. Ohne seinen Jagdfreund wäre Volker mit Sicherheit von der Raubkatze getötet worden!

Gemeinsam luden sie die beiden kapitalen Raubkatzen mittels einer Seilwinde auf den Pick-Up und brachen zur Farm auf, die sie bei Anbruch der Dunkelheit erreichten.

Alle Bediensteten liefen zusammen um die toten Raubkatzen zu bestaunen und eine unbändige Freude erfasste alle.

Sie tanzten um die Löwen herum und sangen ihre Lieder dazu.

Maria hatte Volker in ihre Arme genommen und voller Dankbarkeit immer wieder geküsst.

Ebenso bedankte sie sich bei Volkers Freund, der stolz alle Ehrungen über sich ergehen ließ. Die Kinder setzten sich übermütig auf die toten Löwen und als die

Kunde zu den anderen Farmen durchdrang, kamen tagelang immer wieder Menschen um die toten Tiere zu bestaunen.

Die erfolgreiche Jagd war im gesamten Gebiet um Otjiwarango in aller Munde und die mutigen Jäger wurden in der Zeitung mit ihrer Beute abgebildet.

Für Maria und die Farm waren es positive Nachrichten, die einen Neubeginn ermöglichten.

Endlich war ein Master da, der auch vor blutrünstigen Löwen nicht zurückschreckte, war die einstimmige Meinung aller Bediensteten.

Für Maria blieb nur die bange Frage: - Wie lange wird er wohl bleiben und ihr zur Seite stehen? -

Sie wagte nicht diese Frage offen anzusprechen, und betete, dass Volker noch lange auf der Farm bleiben würde.

Ein Telegramm aus Hamburg beendete nach acht Wochen die trügerische

Sicherheit, die auf der Farm eingekehrt war.

Alles war auf einem guten Weg als Volker sie beim Abschied in den Arm nahm und ihr ins Ohr flüsterte: - Ich komme bald wieder, ich habe das Leben auf der Farm wieder liebgewonnen und werde dir zumindest für zwei Monate helfen die Dinge wieder in Ordnung zu bringen! -

Den kleinen Mark nahm er auf den Arm und setzte ihn noch ans Steuer des Ranch-Rovers.

Der kleine Knirps wollte sich gar nicht mehr von ihm trennen und konnte sich nicht beruhigen. Die beiden hatten sich liebgewonnen und fast ein Vater-Sohn Verhältnis entwickelt.

Der Neubeginn und die positive Entwicklung der Dinge hielten weiter an und gerade zu euphorisch stürzte sich Maria in die Arbeit.

Das Wildbret, das Volker und sein Jagdfreund erlegt hatten, konnte sie zu einem guten Preis an einen Händler verkaufen und damit den Grundstein für eine finanzielle Verbesserung legen.

Nachdem der Regen, wie ein Wunder, dann einsetzte und das Farmland in eine grüne und blühende Landschaft verwandelte, konnte sie eine kleine Rinderherde erwerben, die auf den satten Grünflächen prächtig gedieh.

Der Vorarbeiter bereitete sogar eine Fläche für den Anbau von Mais vor, der gut aufging und eine gute Futterreserve bildete.

Alles entwickelte sich wieder zum Positiven und die Sorgen von Maria wurden jeden Tag geringer.

Die kleine Mark lief schon in Obhut eines Kindermädchens auf der Farm herum und sollte bald sein eigenes Pony bekommen.

Maria fühlte sich, trotz aller Betriebsamkeit, einsam und wenn sie abends allein auf der Veranda saß und den Tierstimmen der Savanne lauschte, dann wurde sie melancholisch. Sie war noch jung, eine Frau im blühenden Leben, die

die Lust kennengelernt hatte und an der nun das Leben vorbei ging.

Nachts im Bett dachte sie an die heißen Liebesnächte mit Markus, die sie nie vergessen konnte.

Wenn sie am Tage mit ihren leichten, tänzerischen Schritten, ihrer begehrenswerten Figur und ihr bezauberndes Lächeln sich auf der Farm bewegte, dann hätte sie jeder der Arbeiter gerne im Arm gehabt.

Mit unverhohlenen Blicken schauten sie auf ihre langen Beine und ihre prachtvolle Figur, die wie eine versteckte Einladung auf sie wirkten.

Maria spürte ihre Blicke, die sie förmlich auszogen und die mehr von ihr forderten, als sie ihnen geben wollte.

Jetzt, da es auf der Farm besser ging und der Alltag sorgenfreier war, pochte auch in ihren Adern das Leben stärker als in der zurückliegenden schweren Zeit.

Der Verführer ließ nicht lange auf sich warten! Am Ende der folgenden Woche, besuchte der junge Tierarzt, der seinen erkrankten Vater vertrat, die Farm.

- Hallo Maria, - rief er schon vom Jeep her, - Gibt es heute was zu tun für einen arbeitswütigen Tierarzt? -

- Zwei Rinder haben wir von den anderen separiert, sie haben Verletzungen am Hinterlauf.- antwortete Maria und betrachtete den hochgewachsenen, hübschen Sohn des Tierarztes

- Mein Gott ist der hübsch- dachte sie und ging voran zu den beiden Rindern.

Nach einer kurzen Diagnose, stellten sie diese in die Fahr-Box und der junge Arzt zeigte Maria wie man fachgerecht den Verband bei den Tieren anlegte.

Dabei berührten sich ihre Körper und sie schauten sich tief in die Augen, in denen bei beiden die Begierde sich widerspiegelte. Als sie im Ranch-Rover saßen, zerrten sich beide die Kleider vom Leibe. Sie küssten sich und waren von ihren Berührungen wie elektrisiert. Maria lag auf dem Liegesitz und empfing ihn mit großer Leidenschaft.

Küssend lagen sie noch lange nebeneinander und er flüsterte ihr ins Ohr: - Bereust du es Maria- ?

Sie wischte die Frage mit einer Handbewegung weg und wisperte: - Ich würde es wieder tun, du bist ein wundervoller, zärtlicher Liebhaber! -

In den nächsten Wochen schaute er hin und wieder vorbei und sie trieben es an allen möglichen Orten, einmal sogar stehend im Stall.

Er hatte ein großes Talent, ihre, über lange Zeit aufgestaute Lust, zu befriedigen.

Als sie einmal in der Ranch –Rover fast entdeckt wurden, beschlossen sie in Zukunft vorsichtiger zu sein.

Bei dieser Gelegenheit stellte sie sich die Frage ob ihre Liebe eine Zukunft habe, die Liebe zwischen einer farbigen Frau und einem weißen Mann.

Maria schaute ihn nachdenklich an und begann zögernd: - Unsere Liebe hat in dieser geschlossenen Gesellschaft keine

Chance, es ist zu kompliziert für dich. Denke an deine Kunden, die Farmer. Die werden kein Verständnis dafür aufbringen und dich isolieren. Lass uns so lieben wie bisher, ohne eine Verpflichtung für dich! -

Sie legte ihre Arme um seine Taille und verführte ihn wie einen Jungen, der zum ersten Mal liebte.

Die Liaison zwischen den beiden, dauerte noch einige Monate, ohne dass es anderen auffiel und es wäre sicher noch länger gegangen, wenn er nicht eine junge Frau aus der weißen Oberschicht von Windhoek kennengelernt hätte. Es war eine reizende, große Blondine in der er sich prompt verliebte und eine Heirat wurde vereinbart. Er beschloss deshalb die Verbindung mit Maria zu beenden!

Das Leben auf der Farm lief nun für Maria wie früher und zurück blieb eine große Enttäuschung.

In den nächsten Wochen widmete sie sich wieder mehr dem kleinen Mark, der jetzt schon oft allein mit seinem Pony durch das Farmgelände streifte. Ihm fehlte sein

Vater immer mehr und er brauchte ein Vorbild, also jemand an dem er sich orientieren konnte.

Eines Morgens beim Frühstück schaute er Maria an und stellte plötzlich folgende Frage:- Mama warum hast du eigentlich keinen Mann? Alle anderen Frauen haben einen, nur du nicht und ...Onkel Volker von Hamburg, der würde sehr gut zu uns passen.-

Überrascht von dieser spontanen Reaktion antwortete sie: - Ich habe dir von deinem Vater erzählt, Volker ist nicht dein Onkel, sondern dein Halbbruder! -

Hartnäckig beharrte der Kleine auf seiner Forderung: - Aber trotzdem hat Volker immer mit mir gespielt und mir das Reiten auf dem Pony gelernt! -

Der so sehr herbeigewünschte befand sich zur gleichen Zeit in New York, im Big Apple wie es auch genannt wird und hatte dort wichtige Gespräche mit einem großen Firmenkonsortium, das der Universität Hamburg einen Entwicklungsauftrag erteilen wollte. Tage lang wurden im Detail die Entwicklungsziele diskutiert und in einem Memorandum festgeschrieben.

Die finanziellen Regelungen des Vertrages verhandelte Volker mit einer hübschen, rotblonden Amerikanerin, sich als Ruth Cameron vorstellte und die ihren ganzen Charme bei der Verhandlung einbrachte. Nachdem sie sich geeinigt hatten, streckte sie Volker die Hand entgegen und lud zu einer Abschlussfeier ein.

Sie fuhren hinaus auf Long Island, wo für das Wochenende ein Strandhotel gebucht war und in dem nahe gelegenen vier Sterne Restaurant - Henrys-Tower- fand das Abschlussessen statt.

Volker kannte von anderen Verhandlungen diese oft sehr langweiligen Dinner mit Tischreden die keiner eigentlich brauchte.

Heute aber schien es anders zu verlaufen.

Ruth, die junge Verhandlungsführerin versprach einen abwechslungsreichen Abend, der mit einem kleinen Stehkonvent begann, bei dem aktuelle

Themen von New York diskutiert wurden.

Wer mit wem, aktuelle Schlagzeilen aus der Schickeria und andere lockere Themen, standen im Mittelpunkt der Unterhaltung.

Nach einer Pasta, die raffiniert und superitalienisch zubereitet war, gab es Lobster bis zum Abwinken.

Man trank dazu zunächst einen kalifornischen Rotwein vom Feinsten und zum Lobster einen hervorragenden Chablis.

Ruth Cameron, die in einem kurzen, tiefausgeschnittenen Kleid erschien, saß direkt neben Volker, der ihren Reizen voll ausgesetzt war. Sein Blick tastete ihre Kurven ab und er war immer mehr von ihrer Weiblichkeit gefangen.

- Volker ich danke ihnen für ihre faire Verhandlungsführung- säuselte sie als sie ihm zuprostete. - Es war sehr angenehm mit ihnen in dieser Verhandlungsrunde, die für beide Seiten gute Ergebnisse gebracht hat! - Höflich bedankte sich auch

Volker bei ihr und machte ihr im Laufe des Abends mehr und mehr Komplimente.

Nach dem offiziellen Ende des Dinners, lud sie Volker in eine nah gelegene Bar ein. Nach dem ersten Whisky, rückte sie nahe an ihn heran und flüsterte ihm ins Ohr: - Wir beide werden heute Nacht noch viel Spaß haben! - und küsste ihn sichtbar erregt auf den Mund.

Volker der mehr - Norddeutsche- , war überrascht von der Schnelligkeit der Entwicklung.

Die Bar hatte sich nun gefüllt und ein Pärchen, Bekannte von Ruth, hatte neben ihnen Platz genommen. Abwechselnd tanzten die beiden Paare mit einander und kamen sich immer näher.

Kurz nach Mitternacht, als die Stimmung auf dem Höhepunkt war, schaute Ruth fragend in die Runde: - Leute wollen wir noch einen Abstecher in den Club - Paradeis- machen und uns dort vergnügen. Volker, der schon an die Rückkehr mit Ruth ins Hotel dachte, war enttäuscht - Was ist das für ein Laden, hier ist es doch super.- sagte er und küsste Ruth.

- Das ist ein Swingerclub, da geht die Post ab und jeder kommt dort auf seine Kosten! - antwortete die Freundin von Ruth und zog Volker an sich.

Mit dieser Wende hatte Volker nicht gerechnet, er mochte diese Art von Clubs nicht, wo alle kreuz und quer miteinander Sex haben. Er war enttäuscht von Ruth, die er seriöser eingeschätzt hatte.

Als Ruth und das Pärchen aufbrachen, verabschiedete er sich und nahm ein Taxi zum Hotel.

Schade, dachte er bevor er einschlief, eine so kluge und hübsche Frau, die charakterlich solche Mängel hatte. Insgeheim hatte er gehofft, endlich eine Frau gefunden zu haben, die mehr als eine Nacht in Erinnerung bleiben würde.

Sein Rückflug nach Hamburg ging erst morgen Mittag. Er beschloss deshalb die verbleibende Zeit zu nutzen und sich noch näher in New York, der Stadt die niemals schläft, umzusehen.

Besonders Manhattan mit seinen riesigen Häuserschluchten faszinierte ihn. Hier haben die großen Konzerne der Welt ihren Hauptsitz und NY gehört zu den teuersten Städten der Welt.

Für die letzte Nacht hatte er ein Zimmer im Hotel Brooklyn Bridge gebucht, von dem man einen herrlichen Ausblick auf die Brooklyn Bridge und auf die Skyline von Manhattan hat.

Als er dort in der Bar saß und den herrlichen Ausblick bei einem Single Malt Whisky genoss, meldete sich zum wiederholten Male Ruth, die ihn unbedingt noch einmal sehen wollte.

Volker aber beschloss den Abend allein zu verbringen und hing seinen Gedanken nach. Big Apple war sicher interessant, aber leben wollte er hier nicht. Es war ihm alles zu anonym und die Menschen lebten sehr oberflächlich und in den Häuserschluchten bekam er Heimweh nach dem Leben in seiner Heimat.

In der Nacht träumte er von Namibia, der Farm und sah den kleinen Mark wie er auf dem Pony ritt und die liebreizende Maria, die er ins Herz geschlossen hatte.

Nach einem kräftigen amerikanischen Frühstück, am nächsten Morgen, ging er an die Rezeption um sich nach einer Flugverbindung von NY Newark nach Windhoek zu erkundigen und flog am Abend über Johannisburg nach Windhoek.

Dort mietete er sich einen Ranch Rover und fuhr, ohne sich anzumelden, zur Farm.

Als er am späten Nachmittag durch das Haupttor auf das Farmgelände einbog, traf er auf die ersten Farmarbeiter, die sich freuten ihn wiederzusehen. - Master, in der Nachbarfarm ist ein alter Mähnenlöwe gesehen worden, der schon mehrere Ziegen getötet hat. Du musst ihn dringend bejagen damit die Menschen dort wieder sicher leben können! - meinte aufgeregt ihr Anführer. Volker wurde klar, dass er hier gebraucht wurde und herzlich willkommen ist. Bei diesen Menschen war noch die Echtheit der Gefühle vorhanden, nicht wie die gespielte Gefühlschau in New York.

Hier wurde noch die echte Menschlichkeit gelebt, die sich durch ein natürliches Miteinander auszeichnete. Auch das Verhältnis zu den Tieren, war nicht durch eine verweichlichte Haltung ihnen gegenüber gekennzeichnet, sondern das Tier hatte eine natürliche Stellung als geachtete Kreatur und als Nahrungsquelle für viele Menschen die am Hunger litten.

Als Volker ins Farmhaus eintrat, war Maria nicht anwesend und das Kindermädchen saß weinend in der Küche und erklärte, dass Maria mit dem kleinen Mark zur weit entfernten Tränke aufgebrochen war. Ihre Rückkehr war längst überfällig und alle waren besorgt.

Volker kannte diese Tränke, die fast zwei Stunden entfernt war.

Er nahm einen Wasservorrat, die Maclight und seine Repetierbüchse mit, als er zur Suche aufbrach. Die Scheinwerfer des Ranch Rovers leuchteten die Sandpfade, die nach Norden zur Tränke führten, sehr gut aus und Volker kam gut voran.

Ab und zu wechselten Antilopen und Warzenschweine im Lichtschein über den Weg. Die Bestände hatten sich nach der letzten Regenperiode stark erhöht und Volker dachte an einen höheren Abschuss damit die Vegetation nicht überfordert wurde.

Mitten in seinen Gedanken sah er plötzlich den Pick-up von Maria vor sich quer stehen. Sie stand, bewaffnet mit einem Gewehr auf der Pritsche und der kleinen Mark saß weinend im Führerhaus.

- Dich schickt der Himmel- rief Maria - wir hängen hier schon Stunden mit einer gebrochenen Achse fest und ein hungriger Löwe schlich um unseren Wagen. Ich konnte ihn nur mit einem Warnschuss vertreiben! -

Der kleine Mark fiel Volker voller Freude in die Arme und mit seiner glockenhellen Stimme rief er: - Ein Wunder ist geschehen, du hast uns wieder einmal gerettet, ohne dich sind wir verloren.-

Volker setzte ihn in den Ranch Rover und packte mit Maria eifrig alle Sachen auf die Pritsche, immer dabei die Umgebung kontrollierend, da ein Angriff des Löwen nicht auszuschließen war.

Nachdem alles verstaut war, nahm ihn Maria in ihre Arme: - Komm lass dich küssen, du Retter, wir hatten schon befürchtet die Nacht hier draußen verbringen zu müssen und der Bestie als Mahlzeit dienen zu müssen! -

Volker wendete den Ranch Rover und zog bei der Rückfahrt eine breite Staubwolke hinter sich her.

Auf der Farm sank der kleine Mark todmüde in sein Bett.

Maria öffnete noch eine gute Flasche Rotwein und setzte sich in dieser Vollmondnacht mit Volker auf die Terrasse der Farm.

- Du kommst so plötzlich, ohne Ankündigung. Volker ist etwas passiert? Bist du aus deiner geschäftigen Welt geflohen? - begann Maria das Gespräch.

- Eine richtige Flucht ist es nicht, aber ich brauche eine Auszeit und muss wieder zu mir selbst finden und ...ich hatte auch Sehnsucht nach dir und dem kleinen Mark, Maria! -

Sie schaute ihn etwas verwundert mit großen Augen an und ihr Herz begann plötzlich schneller zu schlagen.

Sie streckte ihm beide Hände entgegen, drückte ihm einen Kuss auf den Mund und sagte: - Volker bitte lass uns gute Freunde werden! Ich hoffe sehr, dass du nun längere Zeit bei uns bleibst. Mark hat seit deiner Abreise immer von dir gesprochen und dich herbeigesehnt. Du bist für ihn wie ein Vater und braucht dich in seiner Entwicklung als Mann! -

Beide saßen eng aneinander gelehnt, fast die ganze laue Sommernacht, mit einem Sternenhimmel von tausenden Sternen und hörten die Tierstimmen Afrikas.

Sie unterhielten sich dabei über die Situation in Namibia und speziell auch der Farm. Maria deutete dabei an, dass die

alleinige Leitung der Farm sie immer mehr
überfordere.

Volker stellte ihr dann unvermittelt die
Frage ob sie keinen neuen Partner in
Aussicht habe.

Fast hätte Maria von ihrer Affäre mit dem
jungen Tierarzt erzählt, hielt es dann aber
für klüger darüber zu schweigen.

Viel mehr antwortete sie: - Der eine oder
andere hat mir den Hof gemacht, aber es
war nichts Ernstes dabei und wie steht es
bei dir mit einer Frau? -

- Na ja, du weißt ja Maria, Junggesellen
haben immer Interessentinnen, aber es
war wie bei dir, nichts Ernstes war dabei! -

Damit blieb für beide die Zukunft völlig
offen!

In den nächsten Wochen nahm das
Farmleben Volker völlig gefangen, es war
als wäre er hier nie weggegangen!

An den Stellen wo er tätig wurde kam
Ordnung herein, funktionierte alles
deutlich besser und die Ergebnisse
konnten gesteigert werden. - Master, seit

du wieder hier bist, geht es überall deutlich voran! - sagten die Arbeiter voller Ehrfurcht und gingen motivierter an die Arbeit.

Maria konnte sich in diesen Zeiten der Anwesenheit von Volker entspannen und legte die Zügel aus der Hand. Sie widmete sich dem Haus, der Küche und hatte viel mehr Zeit für ihren Sohn.

Sie wirkte auf ihr Umfeld zufriedener, glücklicher und war ausgeglichener, ja manchmal sogar übermütig.

Volker hatte mit seinem Freund in England telefoniert, der eine größere Gruppe von Jagdgästen zur Farm brachte. Volker war mit ihnen voll ausgelastet vom Sonnenaufgang bis zum späten Abend.

Die Pirschgänge unter seiner Führung waren sehr erfolgreich und einige starke Trophäenträger kamen zur Strecke.

Sein Freund kümmerte sich mit um die Bergung und dann um die Versorgung des erlegten Wildes auf der Farm. Er war dadurch oft auf der Farm und saß nachmittags mit Maria auf der Veranda und unterhielt sich mit ihr.

Er war ein glänzender Erzähler der schon viel von der Welt gesehen hatte und auch ein attraktiver Mann, der Chancen bei Frauen hat.

Er beeindruckte Maria zunehmend und sie kamen sich näher. Wenn sie allein waren und sich unterhielten, blickte er ihr tief in die Augen, machte ihr Komplimente und zog sie mit seinem Lächeln in seinen Bann.

Maria aber, wich ihm aus, irgendetwas störte sie an seinem Verhalten, das sie von einer tiefen Zuneigung abhielt. Ein stärkeres, tiefes Gefühl konnte sich zwischen ihnen deshalb nicht entwickeln.

Nach drei Wochen waren alle Tiefkühltruhen mit Wildbret gefüllt und die englische Jagdgesellschaft war inzwischen abgereist.

Abgelöst wurden sie von zwei Jagdgästen aus Deutschland, die auf Eland – Antilopen jagen wollten. Volker hatte aus diesem Grund ein Camp im Süden errichtet, wo er dort die nächsten Tage mit den neuen Gästen jagen wollte.

Sein Freund jagte indessen noch in der Nähe der Farm auf Kudu und ging Maria bei ihrer Arbeit auf der Farm zur Hand.

Eines Abends, kurz vor Volkers Rückkehr, saßen beide im großen Farmzimmer, indem die großen Trophäen hingen.

Wie ein Paar saßen sie nebeneinander und scherzend beugte er sich über Maria und sagte:

- Ich könnte dich jetzt vernaschen, so süß und verlockend siehst du jetzt aus! -

Er klammerte dabei scherzend ihre Beine um seine Hüften. In diesem Augenblick kam Volker in den Raum, sah ungläubig, fast zornig auf die beiden und verließ nach einem kurzen - Hallo- den Raum.

Ohne weitere Erklärung flog er mit den beiden deutschen Jägern nach Hamburg, ohne eine Verabschiedung von Mark und Maria. Erst am nächsten Tag wurde Maria klar, dass die Szene im Farmhaus wohl die

Ursache des plötzlichen Aufbruchs gewesen sein musste.

- Bitte kläre ihn über die Situation auf und das zwischen uns nichts war! - bat sie Volkers Freund, der am nächsten Tag ebenfalls nach Hamburg zurückflog.

Die Tage verrannen, ohne dass sich Volker bei Maria meldete.

Der kleine Mark war tieftraurig und konnte noch viel weniger sich die überstürzte Abreise seines Idols Volker erklären.

Weder zu seinem größten Hobby, dem Reiten, war er zu bewegen, noch nahm er am Farmleben teil.

Lustlos stocherte er in seinem Essen und wenn er ermahnt wurde, antwortete er fast immer das Gleiche: - Was soll ich denn hier noch, keiner ist für mich da! -

- Sei nicht ungerecht Mark, du vergisst, dass ich immer für dich sorge und dich sehr lieb habe- ! entgegnete Maria. Mark aber trommelte zornig mit seinen kleinen

Fäusten auf die Tischplatte und war nicht zu beruhigen.

Eines Morgens, als Maria auf einer Erkundungsfahrt auf dem Farmgebiet unterwegs war, wurde Mark von dem Kindermädchen vermisst.

Eine große Suchaktion blieb ohne jedes Ergebnis.

Am Abend, als Maria zurückkam, waren alle in heller Aufregung und außer sich vor Verzweiflung.

- Habt ihr auch alle Stellen, in denen er sich manchmal aufhält, kontrolliert? - fragte sie den Vorabeiter. Der nickte mit dem Kopf und antwortete: - Er ist mit dem Pony unterwegs, es fehlt auf der Koppel! -

Noch in der gleichen Nacht brachen drei Suchtrupps in verschiedene Richtungen auf und suchten den Jungen.

Maria, die den Weg nach Otjiwarongo übernommen hatte, sah bald die Pferdespur im Lichtschein ihres Jeeps. Gegen Morgen sah sie im ersten Licht das

Pony von Mark, angebunden an einen Strauch.

Von dem kleinen Mark fehlte jedoch jede Spur!

Maria fuhr zurück zur Farm und holte den Fährtensucher Joseph, der schon viele Tiere per Fährte gefunden hatte.

Bei dem Pony nahm er dann die Spur von dem Jungen auf, den er nach zwei Kilometern schlafend unter einem Baum fand. Drum herum stellte er einige Fährten von Hyänen fest, die dem Jungen schon sehr nahegekommen waren.

Schluchzend fuhr er mit seiner Mutter zurück zur Farm und wiederholte immer wieder mit zitternder Stimme: - Ich wollte nur Volker zurückholen, er muss zurückkommen zu uns, Mama! -

Noch im Schlaf sprach zitternd er von Volker!

Maria machte sich große Sorgen und wusste nicht wie es weiter gehen sollte mit Mark. Am nächsten Morgen rief Maria nach Hamburg an und versuchte Volker ans Telefon zu bekommen.

Erst nach langer Wartezeit und vielen Umwegen wurde sie mit ihm verbunden:- Weber hier,- hörte sie Volkers Stimme über tausende Kilometer hinweg - Hier spricht Maria, - entgegnete sie zaghaft- Volker es geht um Mark! -

- Ist ihm etwas passiert? -, fragte er besorgt.

- Ja fast, er hatte großes Glück sonst hätten ihn die Hyänen getötet.- entgegnete sie und erzählte die ganze Geschichte.

- Mein Gott welches Glück hatte er, wenn man noch an die Schlangen denkt, die nachts auf Beutetour sind, da hatte er einen guten Schutzengel! -

- Volker- , sprach Maria flehend - Du wirst hier dringend gebraucht! Ich befürchte, dass Mark ähnliche Dinge wiederholt und sich wieder in Lebensgefahr bringen wird! - Eine Zeit war es ruhig am Telefon, dann hörte sie die Stimme von Volker: - Sag ihm bitte, dass ich nächste Woche zu Euch komme und Maria, mein Freund hat mir alles erzählt und ich habe mich dumm gegenüber dir verhalten, bitte verzeih mir, du bedeutest sehr viel für mich! -

- Mark und ich werden die Tage bis zu deiner Ankunft zählen.- sagte sie leise, legte auf und wischte sich die Tränen aus ihrem Gesicht.

- Er ist für uns da wenn wir ihn brauchen. Das ist sehr tröstlich und gibt mir wieder neue Kraft! - dachte sie und erzählte ihrem Sohn die frohe Botschaft der in ein Freudengeschrei ausbrach.

In den nächsten Tagen, riss er jeden Morgen, nach dem Frühstück ein Blatt vom Kalender und murmelte 5,4, 3.Tage!

Am Ende der Tage holten beide Volker in Windhoek mit dem Pick-up ab.

Brav wie ein Internatsschüler stand Mark am Ausgang des Airports und wartete zusammen mit seiner Mutter auf Volker, der nach einer halben Stunde Verspätung den Ausgang durchquerte, diesmal mit einigen Koffern. Freudig begrüßte er

Mark, setzte ihn auf seine Schulter und nahm Maria in seine Arme.

Dieses menschliche Turmgebilde: Mutter, Sohn und Mann, fiel selbst in dem hoch frequentierten Flughafenbereich auf! Man konnte sehen, wie eng und liebevoll diese Familie miteinander verbunden ist.

Die Frage, die der kleine Mark dem Ankömmling stellte, war dieselbe wie bei allen Ankünften:

- Wie lange bleibst du diesmal bei uns? -

- Diesmal müsst ihr mich wegjagen, sonst bleibe ich so lange ihr wollt- !

Maria schaute ihn ungläubig an und spürte insgeheim, dass es ihm diesmal ernst war.

- Ich habe mir für ein Jahr eine Auszeit von der Universität Hamburg genommen, ihr seht, ich meine es diesmal ernst! - beteuerte Volker.

Volker stürzte sich in den nächsten Wochen in die Arbeit und jedermann spürte, mit welch großer Freude er zu Werke ging und man spürte dass er glücklich war. Der kleine Mark folgte ihm auf Tritt und Schritt, lernte von ihm nicht nur lesen und schreiben, sondern auch die praktischen Dinge für das Leben auf einer Farm.

Auch bei den Erkundungsritten in die Umgebung der Farm folgte er Volker stolz mit seinem Pony und die beiden wurden unzertrennlich.

Volker ersetze nun vollends den fehlenden Vater und Mark wurde von Monat zu Monat immer selbstständiger.

Maria, die alles mit großer Freude beobachtete, stellte sich insgeheim Frage, was denn wäre, wenn Volker wieder nach Hamburg zurückgehen würde?

Würde Mark dann wieder in ein großes Loch fallen und die große Trauer wieder einkehren?

Eines Tages beim Abendessen verkündete Volker, dass er für ein paar Tage beruflich nach Boston fliegen müsse. Er habe die große Ehre für seine Universität einen Vortrag in der altehrwürdigen Universität Harvard halten zu dürfen. Einer Universität wo viele berühmte Menschen wie George W. Bush, Al Gore, Bill Clinton und Leonid Bernstein studiert haben.

Mark begann unvermittelt zu weinen, machte ein tieftrauriges Gesicht und schrie Volker an:- Du kommst doch nicht mehr zurück und lässt uns wieder allein mit all der Arbeit, die Mama nicht mehr schaffen kann- !

Er stampfte dabei trotzig auf den Fußboden und wollte wegrennen.

Volker aber hielt ihn fest und erwiderte: - Mark wenn du willst, dann kannst du mit mir zusammen nach Boston fliegen, wenn deine Mutter uns das erlaubt.-

Freudestrahlend sprang er in Luft, umarmte Volker und lief zu Maria, die ihr o.k. gab.

- Mark kann bei einem ehemaligen Studienkollegen, der in Boston mit seiner Familie lebt, den Tag dort verbringen. Er hat einen Sohn der in deinem Alter ist, Mark! - Eine Woche später starteten beide Ihre Reise nach Boston. Zunächst nach Hamburg, wo sich Volker noch mit Kollegen abstimmen musste.

Mark, der zum ersten Mal in einem großen Verkehrsflugzeug saß, kam aus dem Staunen nicht mehr raus und zeigte überhaupt keine Ängste, er vertraute Volker vollends und auch hier kam die enge Verbindung der beiden zum Vorschein.

Als dann auf dem Lufthansaflug von Hamburg nach Boston die Stewardess Volker die Frage stellte: - Sir, was darf ich ihrem Sohn bringen? - da strahlte Mark übers ganze Gesicht und schmiegte sich liebevoll an Volker.

Beim Anflug auf Boston staunte Mark und bewunderte die vielen sehenswerten Wolkenkratzer, über die Boston, neben alten Stadtteilen aus der Gründerzeit, verfügte.

- Mark, du musst wissen, Boston ist einer der ältesten Städte der USA, die du auf dem Freedom Trail besichtigen kannst! - Der aber war so gefangen von dem

Anblick, der sich ihm bot, dass er diese Einzelheiten nicht wahrnahm.

Am Abend saßen die beiden in dem Drehrestaurant ihres Hotels und Mark machte Bilder, die sie an seine Mutter per WhatsApp schickten.

- Schade das Mama nicht hier sein kann, wir wären dann eine richtige Familie! - sagte er mit traurigen Augen, die in die Ferne über die Stadt schweiften.

Am nächsten Morgen brachte Volker ihn zur Familie seines Studienkollegen, die sie freudig empfingen. Mit dem Sohn der Familie, dem kleinen Tom, freundete er sich direkt an.

Tom verkündete dann ganz freudestrahlend: - Mark heute besuchen wir den Boston Public Garden, der viele schöne Spielplätze hat.

Nun war das Eis wirklich gebrochen und Volker konnte unbeschwert nach Harvard aufbrechen.

Die Fahrt durch die Stadt mit ihrem massigen Verkehr machte ihm keine

Freude, da war Hamburg doch noch etwas gemütlicher.

Er wurde von seinen dortigen Kollegen, die er im Rahmen seiner Forschungsarbeit kennengelernt hatte, freudig empfangen und sie stimmten sich über die Reihenfolge der morgigen Vorträge ab.

Endlich konnte er hier vor einem Weltpublikum seine Arbeit und die seiner Kollegen vorstellen.

Er fieberte dem nächsten Morgen entgegen und konnte sich Mark nicht so richtig widmen.

Der Vortrag wurde ein voller Erfolg und alle ermunterten ihn diese Forschungsarbeiten intensiv fortzusetzen.

Volker war darüber sehr erfreut, dachte aber auch bei diesem Erfolg an die Farm in Namibia und an Maria, die ihm immer mehr bedeutete.

Bei einem gemeinsamen Abendessen mit der Familie seines Studienkollegen, der ihn beglückwünschte zu seinem Erfolg, eröffnete er dem kleine Mark, das sie morgen auf den Atlantischen Ozean hinaus fahren und sich dort die Wale und Delphine ansehen würden.

Mark war außer sich vor Freude, er der große Tierliebhaber, hatte schon lange den Wunsch geäußert Tiere des Meeres sehen zu dürfen.

Am nächsten Morgen, in aller Frühe, fuhren sie dann mit einem Hochgeschwindigkeits-Katamaran, der drei große Aussichtdecks hatte, in die Bucht vor Boston.

Unterwegs begegneten ihnen schon einige Delfine, die durch ihre Kapriolen in der Luft begeisterten.

Dann, als sie weiter draußen waren, sahen sie die ersten Buckelwale mit ihren langen Flossen, die wie Flügel wirkten. Daneben schwammen immer wieder Zwergwale, die wie Begleiter wirkten.

Höhepunkt dieser Whale Watching Tour aber waren die drei Finnwale, die plötzlich aus den Fluten auftauchten und fast zwanzig Meter lang waren. - Volker das sind die Elefanten des Meeres- rief Mark begeistert und war voller Bewunderung ob der gewaltigen Größe der Tiere.

Noch auf dem Rückflug nach Windhoek hatte er nur ein Thema: Wale und Delfine, die Stadt und ihre Wolkenkratzer waren in den Hintergrund gerückt.

Volker und Mark waren sich in diesen wenigen, aber ereignisreichen Tagen, noch nähergekommen und für den Betrachter wirkten sie wie Vater und Sohn.

Auf der Farm angekommen erzählte der kleine Mark, der auf dieser Reise erwachsener geworden war, Maria über einen Nachmittag hinweg die Erlebnisse, die er nie vergessen würde.

Auch in den nächsten Wochen kamen spontan Details dieser Reise zu Tage von denen Mark berichtete.

Mark wurde in Kürze sechs Jahre alt und die Tage bis zur Einschulung in eine Internatsschule, wie in Namibia üblich, rückte immer näher.

Volker empfahl Maria ihn zunächst durch einen Hauslehrer unterrichten zu lassen, der dreimal in der Woche kommen sollte und somit die Einschulung für den Zeitraum von einem Jahr herausschieben konnte.

Maria war sofort mit diesem Vorschlag einverstanden. Somit konnte der Junge weiter in der Nähe von Volker bleiben.

Insgeheim dachte Maria auch daran, Volker weiter auf der Farm binden zu können, der mit seinen Ideen die Farm weiter nach vorn brachte.

- Maria was hältst du davon den Jagdbetrieb etwas zu intensivieren? Ich denke dabei an einen Vertrag mit einer Jagdorganisation in Südafrika abzuschließen. Damit könnten wir unsere Einnahmen fast verdoppeln und die Zahl der Leoparden, die zurzeit hohen Schaden beim Vieh anrichten, etwas reduzieren.-

Als Maria das Wort Leopard hörte, dachte sie sofort an die Verletzung die sich Volkers Vater zugezogen hatte.

Volker, der ihre Skepsis bemerkte, betonte, dass nur erfahrene Jäger jagen dürften, die vorher mit der Jagdsituation vertraut gemacht würden. Nach der Einwilligung von Maria, telefonierte er mit den Leuten aus Kapstadt und es wurde vereinbart den Vertrag nächste Woche in Kapstadt zu unterzeichnen.

- Maria bitte begleite mich nach Kapstadt. Du musst hier einmal für ein paar Tage raus. Cape Town ist eine wundervolle Stadt.-

Erfreut willigte Maria ein und als sie in Windhoek das Flugzeug bestiegen, da sahen beide wie ein Farmerehepaar aus, das Urlaub machen wollte.

Maria, der man nicht ansah, dass sie schon Mutter war, hatte die Figur eines Mannequins und begeisterte mit ihrer positiven Ausstrahlung ihr Umfeld.

Wenn sie sich mit ihren langen Beinen und tänzelnden Gang auf den Straßen von Windhoek bewegte, dann starrten ihr alle Männer nach und hätten gerne etwas mit ihr angefangen.

Als Volker sie in das Strandhotel in Kapstadt zur Rezeption führte, da gingen ihm ähnliche Gedanken durch den Kopf.

Allein der Gedanke, dass Maria die Witwe seines Vaters war, haben ihn in der

Vergangenheit davon abgehalten um sie zu werben.

- Möchte das Ehepaar eine Suite oder ein Doppelzimmer? - fragte die Dame an der Rezeption, die sie beide als Ehepaar eingestuft hatte.

Maria beantwortete spontan: - Bitte zwei Einzelzimmer! - und sah dabei Volkers enttäuschten Blick.

Bevor sie ihr Zimmer bezogen, nahm Maria ihn in die Arme und flüsterte: - Wir können uns heute Abend gegenseitig besuchen- !

Die Verhandlung mit den Vertretern der Jagdvermittlerorganisation führte Volker am nächsten Tag allein, da Frauen in der südafrikanischen Gesellschaft immer noch als zweitrangig eingestuft wurden.

Die Verhandlungen wurden sehr positiv und offen geführt und bei einem gemeinsamen Abendessen, besiegelt.

Am nächsten Morgen, als Maria und Volker auf der Terrasse frühstückten, berichtete er von den Ergebnissen. - Sie verpflichten sich jährlich drei Partien a zwei Jäger zu schicken, ich hoffe es wird dir nicht zu viel an Hausarbeit, Maria.

Wir müssen das Gästehaus etwas umräumen und renovieren, damit zwei Partien gleichzeitig bei uns jagen können. Einen neuen Pickup mit Seilwinde werden wir auch anschaffen müssen! - erläuterte Volker.

- Volker du bist so tüchtig und klug, dein Vater würde hocherfreut sein, wenn er das alles sehen könnte! - nahm ihn in ihre Arme und küsste ihn.

- Maria ich mache das sehr gerne für dich und den kleinen Mark, ich habe euch beide sehr lieb gewonnen. Jetzt aber wollen wir die nächsten Tage das Strandleben genießen und ich versuche dir das Surfen beizubringen, das ich an der Küste vor Hamburg gerne betreibe. Wenn du willst lade ich dich gerne auch zu einem Segeltörn ein.-

Der Segeltörn am nächsten Tag begann zunächst sehr ruhig, dann aber am Nachmittag kam ein Sturm auf, der in den Gewässern vor Kapstadt sehr schnell gefährlich werden kann. Sie mussten den nächst gelegenen kleinen Hafen aufsuchen um sich in Sicherheit zu bringen.

Am Abend als der Sturm nachgelassen hatte, saßen sie bei Kerzenschein auf dem Boot und tranken von dem vorzüglichen Rotwein aus der Kap Region.

Maria rückte immer näher an Volker und beide waren verzaubert von der Stimmung im Jachthafen.

- Maria, du bist eine aufregende Frau, begehrenswert und wunderschön! - flüsterte er ihr ins Ohr und nahm sie in seine Arme, schaute ihr tief in die Augen und küsste sie leidenschaftlich. Ihre samtweichen Lippen und ihr wunderschön geformter Körper verfehlten ihre Wirkung nicht.

Maria erwiderte seine Leidenschaft

 Beide rissen sich die Kleider vom Leib und sie wurden von ihrer Begierde voll erfasst.

In dieser Nacht lagen sie beide eng umschlungen in der Koje des Segelbootes und liebten sich wie ein Paar, das schon sehr vertraut miteinander war. Am nächsten Morgen saßen sie auf dem Deck und frühstückten miteinander.

Beide waren noch ganz ergriffen und voller Glücksgefühle nach dieser wundervollen Nacht.

Maria schmiegte sich an Volker - Dürfen wir das wirklich tun? Wie wird die Zukunft für uns beide aussehen? Was wird aus der Farm? Deinem Vater habe ich fest versprochen mich um die Farm und dem Erbe von Mark zu kümmern! - erklärte sie Volker.

Der schaute in ihre dunklen, großen Augen und entgegnete: - Ich liebe dich schon seit langer Zeit, endgültige Gewissheit habe ich aber in den letzten Wochen bekommen. Ja, ich möchte mit dir zusammenleben! -

- Was wird dann aus der Farm- entgegnete sie fragend? -

- Maria, ich werde noch ein paar Monate in Hamburg bleiben müssen um in der Universität meine Nachfolge zu regeln. Ich verspreche dir jedoch, danach für immer auf der Farm zu bleiben und dort mit dir und Mark zu leben! -

Für sie beide war dieser Tag der wichtigste in ihrem Leben und voller Glück küssten sie sich und Volker schlug vor, heute eine Stadtbesichtigung in Kapstadt zu machen um sich zu amüsieren.

Diese wundervolle, pulsierende Stadt, umgeben von zwei Ozeanen und einer atemberaubenden Berglandschaft, lud gerade dazu ein.

Glücklich wie zwei Kinder fuhren sie hoch zu dem majestätischen Tafelberg, um den atemberaubenden Blick über die Stadt und den Hafen zu genießen und waren begeistert von den weißen Traumständen die vor der Stadt lagen.

Spontan beschlossen sie den weiteren Nachmittag dort am Strand zu verbringen. In einem Strandrestaurant genossen sie die typische südafrikanische Küche, die aus einem Mix aus malaiischen, holländischen, französischen und afrikanischen Einflüssen bestand. - Maria lass uns anstoßen und den Wunsch aussprechen, dass wir ein glückliches Leben haben werden und uns Schicksale wie bei meinen Eltern erspart bleiben! - äußerte Volker und blickte ihr liebevoll in die Augen.

Maria hatte Tränen in den Augen und küsste ihn vor allen Menschen im Lokal.

Bei dem Rückflug nach Windhoek waren beide sehr glücklich und hatten das Gefühl nun endlich angekommen zu sein.

Maria, die einige Jahre älter war als Volker, brauchte eine sichere und verlässliche Zukunft, besonders für Mark!

Volker flog bald darauf nach Hamburg um dort die Dinge zu regeln.

Der Rektor der Universität war sehr überrascht von Volkers Entscheidung, die Stelle als Professor aufzugeben: - Wir haben auf ihre Kompetenz gesetzt und sie hinterlassen eine deutliche Lücke! - sagte er enttäuscht. - Sie müssen mir versprechen, dass sie dreimal jährlich zu Gastvorlesungen kommen, bis ihre Kollegen in ihrem Wissensgebiet eingearbeitet sind! - Volker machte eine entsprechende Zusage und verabschiedete sich von seinen Professorenkollegen, auch in den USA, mit denen er einige Tage in Boston und in Harvard verbrachte. Auch sie waren sehr enttäuscht von seinem Weggang, der große Aufmerksamkeit hervorrief.

Volker aber war mit sich und seiner Entscheidung im Reinen und als er im Flugzeug bei der Landung in Windhoek die weite Savanne unter sich sah, freute er sich auf das neue Leben auf der Farm.

Maria und Mark, aber auch alle Bediensteten der Farm bereiteten ihm einen freudigen Empfang, der deutlich machte, dass die Farm dringend eine Führung brauchte.

Nach einer, eher stillen Hochzeit, ein paar Urlaubstagen an der wilden Skelettküste in trauter Zweisamkeit, begann für beide der Alltag auf der Farm.

Bald zeigte sich, dass unter Volkers Leitung die Farm wieder ihre alte Stärke zurückgewann und die Ergebnisse deutlich nach oben zeigten. Aus dem laufenden Farmbetrieb konnten sie

Finanzmittel zurücklegen für künftige Investitionen.

Das Familienleben verlief in einem freudigen und eng verbundenen Miteinander. Alle Entscheidungen wurden miteinander getroffen, keiner wurde übergangen.

Volker konnte Mark vom Besuch des Internates in Windhoek, überzeugen.

- Schau mal Mark, was dir dann später für Chancen sich eröffnen, genauso wie es bei mir war! -

Mark, der Volker wie einen Vater akzeptiert hatte, schaute zu ihm auf:- Jawohl Herr Professor, Harvard lässt grüßen! -

Maria versprach alle zwei Wochen ihn zu besuchen.

Nun wurde es ein wenig ruhiger auf der Farm. Die lebendige und betriebsame Art von Mark fehlte deutlich allen auf der Farm!

Maria und Volker waren als Ehepaar in Farmerkreisen voll akzeptiert und die dunkle Hautfarbe stellte kein Akzeptanzproblem mehr dar.

Maria hatte in den Kreisen der Farmer durch ihre Beharrlichkeit und ihren Mut, der ihr den Namen =Eiserne Lady= eingebracht hatte, eine hohe Anerkennung.

Daneben bewahrte sie sich ihre menschliche und feinfühlige Art und war immer bereit Menschen in Not zu helfen.

So war es auch selbstverständlich, dass sie auch jährlich eine Einladung zu der Gedenkfeier am Waterberg, die an die Schlacht am Waterberg erinnerte, erhielt. Diese Schlacht zwischen der Deutschen Schutztruppe und den Herero, endete mit der Flucht der Hereros und einem Völkermord.

Diesmal nahm auch ihr Sohn Mark in Pfadfinderuniform teil und durfte ein Gedicht dort aufsagen.

Volker der die Uniform der ehemaligen Deutschen Schutztruppe angelegt hatte, stand mit Maria, die mit einem Kleid der

Herero -Frauen bekleidet war, in erster Reihe.

Auch damit wurde ein Zeichen des Friedens gesetzt und das Gegeneinander der Volksstämme als überwunden signalisiert.

- Wir gedenken der Gefallenen der Schlacht am Waterberg und den Sieg über die Hereros. Aber wir gedenken auch an die tapferen Menschen die für ihre afrikanische Heimat hier ihr Leben verlieren mussten! - sprach feierlich der fast neunzig jährige, ehemalige Oberst der Schutztruppe, der mit gezogenem Bajonett die Feierlichkeiten eröffnete.

Nachdem Mark, in seiner hellgrauen Pfadfinderuniform feierlich und mit Andacht sein Gedicht aufgesagt hatte, sang der Jugendchor zwei Lieder und dann sangen alle das Lied der Deutschen im Südwesten Afrikas.

Es war eine sehr mitreißende und geschichtsträchtige Feier, die selbst jüngere Farmer, die auch Auslandserfahrung hatten, wie es bei

Volker war, von der Bedeutung der Feier überzeugte.

Die Kommentare in der Bevölkerung waren gemischt.

Einige sahen darin eine Verherrlichung der Deutschen Schutztruppen, die Mehrheit aber sahen das Gedenken für den Frieden und der Freiheit der Menschen in Namibia!

Die nächsten Monate waren geprägt von großer Betriebsamkeit auf der Farm.

Die ersten Jagdgäste kamen und Maria war mit der Betreuung der Gäste voll ausgelastet.

Volker und Maria fanden kaum noch Zeit für sich selbst und wenn sie spät am Abend todmüde ins Bett sanken, waren beide dennoch glücklich.

Manchmal aber fanden sie trotz der Müdigkeit noch zueinander, wobei bei Maria die alte Leidenschaft voll aufflammte und auch Volker mitriss. Beide waren zu einem Paar zusammengewachsen, das sich blind vertraute.

Auseinandersetzungen waren die Seltenheit und sie waren ein Beispiel dafür, dass auch in Namibia Schwarze und Weiße, funktionierende Partnerschaften eingehen können.

Die Menschen auf der Farm, ihre Freunde und Geschäftspartner hatten ebenfalls, eine hohe Achtung für das schwarz/weiße Paar und begegneten ihnen ohne jeden Vorbehalt.

Volker hatte seine Verbindung zur Universität in Hamburg nie ganz abreißen lassen und hielt auf Einladung der Uni Vorträge über das südliche Afrika. Er war dann für eine Woche in Hamburg und nahm in den Ferien auch Mark immer mit zu seinen Vorträgen, der ihn danach auch manchmal kritisierte, wenn er die Verhältnisse zu rosig darstellte.

Maria fühlte sich auf der Farm sehr wohl. Es zog sie nichts in die Ferne und fand ihr Glück bei der Arbeit auf der Farm. Die Jahre vergingen so wie im Fluge, während die Farm florierte und die Population der Wildtiere sich aufgrund der gezielten Auslese durch die Jagd, besser entwickelte als auf den Nachbarfarmen.

Der kleine Mark hatte sich zu einem Jugendlichen entwickelt, der sich sowohl in Namibia als auch in Deutschland zu Hause fühlte, wenn auch sein Herz der Farm gehörte.

In einem Jahr sollte er das Abitur machen und so langsam entwickelte er die ersten Kontakte zur Weiblichkeit.

Mit Volker führte er Diskussionen, die er mit Euphorie und Überzeugung führte - Volker ich glaube nicht an die Zukunft der weißen Rasse in Afrika, sie gehört der Vergangenheit an und ist ein Auslaufmodel! - erklärte er dann wie ein Zukunftsforscher.

Volker entgegnete dann regelmäßig - Es liegt an uns selbst, Namibia mitzugestalten, wir müssen uns stärker in diesem Staatsgebilde engagieren! -

- Wie viele Weiße sind denn in der Regierung in Windhoek? Ein

Staatssekretär und eine Handvoll Berater, das nennst du mitgestalten? - entgegnete er dann mit besorgter Miene.

Die bedrohliche Entwicklung in Sambia und die fragile Situation in anderen Nachbarländern von Namibia, verbunden mit großen Unruhen, verbreiteten Unsicherheit. So waren in Sambia die allermeisten Farmer von ihren Farmen vertrieben worden und viele Farmer mussten ihre Gegenwehr mit ihrem Leben bezahlen.

- Mark wir müssen eine solche Entwicklung wie in Sambia, durch ein Miteinander mit der Regierung in Windhoek, verhindern! - war die Antwort von Volker, die aber bei Mark wenig Gehör fand.

- Sie schließen uns genauso aus, wie wir es früher mit ihnen gemacht haben. Wir sollten unsere wirtschaftliche Macht einsetzen und sie damit unter Druck setzen.- entgegnete Mark.

Volker lehnte eine solche Strategie ab: - Genau das führt zu einem erneuten

Machtkampf, bei dem wir den Kürzeren ziehen werden! - entgegnete Volker und führte Beispiele dazu in Afrika an.

- Was wir wollen, ist doch in Ruhe und Frieden auf unseren Farmen leben zu können und die notwendigen Sicherheiten von der Regierung garantiert zu bekommen. Mehr können wir nicht erreichen! - stellte Volker abschließend fest.

Im Internat gründete sich eine radikale Gruppe, der sich auch später Mark anschloss, die eine strikte, paritätische Beteiligung der weißen Bevölkerung zum Ziel sich setzte und dies, notfalls auch mit Gewalt, durchsetzen wollte.

Die einschlägige Presse griff dieses Thema auf und auch Mark wurde als einer der Wortführer zitiert: - Notfalls müssen wir unsere Ziele und Rechte erkämpfen und mit Gewalt durchsetzen:-

Nach dieser Veröffentlichung erhielt Volker einen Anruf aus dem Innenministerium. Der Anrufer, ein Staatssekretär, machte unmissverständlich deutlich, dass man deshalb nicht eingegriffen hätte, weil Volker Weber mit seiner farbigen Ehefrau, Vorbildfunktion für das Miteinander der Rassen war. Er wurde aufgefordert den Jungen zur Räson zu bringen.

Maria und Volker fuhren sofort nach Windhoek um dort mit ihrem Sohn ein ernstes Gespräch zu führen, der durch sein Verhalten seine Zukunft in Namibia verspielen würde.

- Hast du vergessen, dass du selbst von einer farbigen Mutter abstammst? - war der Beginn des Gespräches

Maria hatte bis heute dieses Thema nie erwähnt und fand in der Familie keine Erwähnung, jetzt aber war die Situation eine völlig andere.

- Mark du bist ein Mischling, der beide Rassen in sich trägt. Wie konntest du deine Abstammung vergessen und dich so eindeutig gegen eine Rasse stellen? Mark ich bin zutiefst erschüttert von deiner Haltung und sehr enttäuscht von dir.- stellte Maria wütend fest. - Wir haben dir bisher vorgelebt, dass Apartheid kein Weg zur Lösung der Probleme ist! Die Geschichte in vielen Ländern hat das bestätigt.- ergänzte Volker.

- Wir erwarten von dir eine klare Distanzierung von den radikalen Gruppen, der du jetzt angehörst-

Mark, der bis dahin geschwiegen hatte, sah seine Mutter an und antwortete mit steinerner Miene: - Diese faulen Nigger, die sich den Staat unter den Nagel gerissen haben, damit hast du Mutter überhaupt nichts gemein. Du gehörst sowohl von deinem Äußeren, als auch von deinem Denken und Handeln zur weißen Rasse! -

Maria schüttelte entsetzt ihren Kopf und als sie aufstand war es eine Rede wie vor dem Parlament: - Es war einer mit deiner Einstellung, mit deiner unwürdigen Art den Farbigen zu begegnen, der mich in der Küche der Farm brutal vergewaltigte und mich als Negerhure bezeichnete und …den ich in Notwehr töten musste. Mark du hast alte und schlimme Wunden in mir aufgerissen. Um Gottes Willen, ich beschwöre dich, kehre um, besinne dich. Dein Vater würde sich deiner schämen, wenn er das noch erleben würde! -

Alles Reden führte zu keiner Einsicht und nach Rücksprache mit dem Direktor der Schule, beschlossen sie Mark von der Schule zu nehmen um den Kontakt zu dieser radikalen Gruppe zu kappen.

Volker nahm Kontakt mit seinen Freunden in Hamburg auf und fand dort ein Internat, in dem Mark das Abitur machen konnte.

Fast wie ein Gefangener wurde er von seinen Eltern begleitet und nach Hamburg gebracht.

Sie sprachen mit dem dortigen Leiter, der ihnen versicherte, er werde ein persönliches Augenmerk auf den Jungen haben und der Professor der Uni Hamburg, der inzwischen Senator war, versprach ebenfalls, sich regelmäßig über Mark zu erkundigen.

Die Leistungen von Mark gingen, fast wie erwartet, deutlich zurück. Er legte eine Art

Lernboykott ein und das Schuljahr musste von ihm wiederholt werden.

In Namibia wurde Wochen später, der Staatsekretär im Innenministerium, durch einen feigen Anschlag getötet.

Die Attentäter suchte die Polizei unter anderem auch im Kreis der Radikalen Internatsgruppe, von denen drei Hauptverdächtige festgenommen wurden.

Als Mark von diesem schlimmen Ereignis Kenntnis erhielt, war er zu tiefst erschrocken und seine Distanz zu diesen Leuten machte er in einem Brief an Maria und Volker deutlich.

In der Folge wurden seine schulischen Leistungen immer besser und er legte ein Jahr später das Abitur mit Bravur ab.

Darauf begann er ein Studium der Elektrotechnik und des Schiffsbaus an der Universität Hamburg.

Weder in den Semesterferien, noch zu anderen Anlässen kehrte er jedoch nach Namibia zurück. Es war so, als hätte er die

Vergangenheit aus seiner Erinnerung gestrichen,

Seine Eltern, vor allem Maria, waren sehr traurig und enttäuscht.

Die Trennung und die Distanz wurden immer größer und es sah so aus, als wäre Mark der Farm und seinen Eltern verloren gegangen.

Volker, der des Öfteren in Hamburg Vorlesungen hielt, traf ihn bei seinen Aufenthalten und hielt so Kontakt zu ihm.

Hartnäckig weigerte er sich aber die Farm und seine Mutter zu besuchen.

Maria indessen war tieftraurig über sein Verhalten und als er auch einen Brief, in dem sie ihn bat ihr zu verzeihen, ohne Beantwortung ließ, da gab sie die Hoffnung auf ihn jemals wieder zusehen.

Eine Folge dieser, für sie bedrückenden Situation war, dass sie sich immer mehr vom allgemeinen Farmleben zurückzog und es immer einsamer um sie herum wurde. Die Jagdgäste überließ sie einer Praktikantin. Die für mehrere Monate auf der Farm arbeitete und selbst Volker fand immer weniger Zugang zu ihr.

So vergingen wertvolle Jahre ohne das Frieden in die Familie einkehrte.

Mark, der sein Studium schon bald abschließen würde, beantwortete auch zukünftig keinen Brief seiner Mutter und schlug Vermittlungsversuche von Volker kategorisch aus.

Er hatte seine Mutter komplett aus seinem Leben verbannt und strich jede Erinnerung aus seinem Gedächtnis.

Volker spürte, dass er sich nun mehr um Maria kümmern musste, zumal sie zusehends kränklicher wurde und mit all ihrer verbleibenden Kraft eine Lungenentzündung überwand.

Er sagte in dieser Zeit alle Vorlesungen an der Uni ab und war Tag und Nacht für Maria da, die er nach wie vor sehr liebte.

- Maria bei allem was zwischen dir und Mark geschehen ist, ich liebe dich so sehr wie am ersten Tag! - sagte er, küsste sie mit Leidenschaft und großer Zärtlichkeit.

Marias Gesicht strahlte und sie spürte ihre große Liebe, die ihr auch bei den familiären Problemen eine große Hilfe war.

Sie widmete sich in den nächsten Monaten wieder mehr ihrer Arbeit auf der Farm und als die Praktikantin die Farm verlassen hatte auch wieder den Jagdgästen.

Zwei Jagdfreunde aus Deutschland waren eingetroffen auf der Farm, um auf einen starken Kudu zu jagen den Maria vor wenigen Tagen ausgespäht hatte.

Zusammen mit dem Vorarbeiter brach sie im ersten Morgengrauen auf und nach ca. drei Kilometern hatten sie schon drei schwächere, junge Kudus vor sich und plötzlich wie vom Blitz getroffen stand der große Kudu-Bulle mit mächtigen Hörnern ca. fünf- hundert Metern vor ihnen.

Der Ältere der Jäger ging mit dem Vorarbeiter, jede Deckung ausnutzend, den großen Bullen an. Plötzlich drehte sich dieser und nahm Witterung von ihnen auf.

Schnell musste nun gehandelt werden, bevor er absprang. Mit einem schnellen und gezielten Schuss traf der Schütze ihn.

Der Schuss saß nicht im Blatt, sondern mehr seitlich, sodass der Kudu sich im Schuss drehte und die Flucht ergriff.

Zunächst ließ die Jagdgruppe etwas Ruhe eintreten bevor sie die blutige Fluchtspur aufnahm.

- Der wird bei diesem Schuss in zwei oder drei Kilometern liegen! - erklärte der Vorarbeiter mit tiefer Überzeugung.

Nach einem Kilometer wurde die Blutspur immer breiter und intensiver.

Der Schütze, der bereits hundert Meter vorausgepirscht war, wollte vom Kudu Besitz ergreifen und in dem Moment als er sich bückte, wurde er seitlich von einer starken Hyäne angriffen.

Maria die seitlich am nächsten stand, riss ihr Repetiergewehr hoch und konnte die angreifende Hyäne im letzten Augenblick zur Strecke bringen.

Mit diesem mutigen Entschluss hatte sie die Hochachtung aller anwesenden Jäger.

Eine Frau, und diese noch farbig, hatte gezeigt wozu auch Frauen bei der Jagd fähig sind!

Zurückgekehrt auf der Farm wurde sie beim Verblasen des Stückes mittels Jagdhörner, von allen Bediensteten beglückwünscht.

Volker, der in Hamburg sich aufhielt, war sehr dankbar, dass Maria wieder gesundheitlich voll genesen war und verlängerte den Aufenthalt um eine Woche.

Als die Jagdgäste wieder abgereist waren, widmete sich Maria wieder mehr ihren Pferden und ritt nun täglich ein paar Stunden aus.

Eines Morgens sattelte sie das Pferd, das einmal Mark gehörte und wollte damit an eine entfernte Wasserstelle. Am Abend, als es bereits dunkel war und man allerorts die Hyänen schon hören konnte, war sie noch nicht zur Farm zurückgekehrt.

Der Vorarbeiter stellte sofort eine Suchmannschaft zusammen und begann sofort die Suche nach ihr, die jedoch, auch wegen der Dunkelheit ohne Ergebnis blieb.

Ein Suchhubschrauber, der in Otjiwarongo gestartet war, sah dann am nächsten Morgen, in der Savanne Marias Pferd liegen, das Maria unter sich begraben hatte.

Er wurde festgestellt, dass es in eine der gefürchteten Höhle eines Warzenschweins geraten war, sich dabei beide Läufe gebrochen hatte und Maria bei dem Sturz unter sich begraben hatte.

Sie muss wohl sofort tot gewesen sein, stellte der Arzt später fest, - Tod durch Genickbruch-

Volker wurde während einer Vorlesung in der Uni Hamburg benachrichtigt. Er flog sofort tieferschüttert nach Namibia. Zwei Tage später folgte er allein und als gebrochener Witwer dem Sarg.

Maria wurde neben ihrem ersten Mann Markus auf dem Farm-Gelände, unter großer Anteilnahme der Nachbarfarmer und der Farmbediensteten bestattet.

Ihr Sohn Mark war nicht anwesend. Er hatte sich bis zuletzt geweigert ihr die letzte Ehre zu erweisen und ließ lediglich einen Kranz mit seinem Namen an ihrem Grab niederlegen.

Alle auf der Farm waren von diesem Verhalten erschüttert und konnten sich sein Verhalten nicht erklären.

Volker war nach dem Begräbnis ein gebrochener Mann, der alles Liebgewonnene verloren hatte.

Freunden gegenüber sagte er später: - Ich habe an einem Tag zwei Menschen verloren, meine geliebte Frau und meinen Sohn, der mir bisher auch mein bester Freund gewesen war.

Er brach zunächst alle Kontakte zu Mark ab und erst viel später sollte er zu ihm zurückfinden. Auf die gesamte Farm mit allen Bediensteten und Freunden legte sich ein tiefer, grauer Schleier und alle standen unter Schock.

Maria die Seele des Hauses, war plötzlich nicht mehr unter ihnen und hinterließ eine große Lücke. Ihre Fröhlichkeit und ihr positives Denken fehlten überall.

Für Volker war die Farm ohne seine geliebte Maria unerträglich geworden.

Er stellte deshalb ein junges Pächterehepaar ein, das im Gästehaus wohnte und das er noch ein paar Wochen in ihre Arbeit einwies.

Danach nahm er eine Professur für Afrikakunde an der Universität Hamburg an und kehrte nur noch während der Semesterferien auf seine Farm nach Namibia zurück.

In Hamburg mietete er sich ein Appartement mit Alsterblick und lebte ansonsten sehr zurückgezogen in dieser lebendigen Stadt.

Auf dem Unigelände traf er einmal zufällig Mark, der mit einer Kommilitonin, lachend vor ihm stand. Sie sahen sich beide verdutzt an und gingen wortlos weiter als ob sie Fremde wären.

Das zweite Zusammentreffen fand ein Jahr später statt.

Mark war inzwischen Vorsitzender des Asta und Volker stellvertretender Rektor der Universität.

Als sich Mark und Volker in der Diskussionsrunde duzten, da schauten erst einmal alle ungläubig auf, da ihr Verwandtschaftsgrad bisher unbekannt war.

- Wir wollen, dass die Religionsfreiheit, die für alle Religionen gilt, auch für Moslems Gültigkeit hat und Anwendung findet.- war das Statement. Wenn hier also eine Glaubensgemeinschaft besteht, dann müssen, ihr auch Räume zur Verfügung stehen indem sie ihren Glauben ausüben kann! - führte Mark aus.

- Dieses Thema, das letztlich mit dem Neubau einiger Räume verbunden ist, werde wir zunächst mit dem Senat der Stadt Hamburg besprechen. Sollte von hier grünes Licht kommen, wird von uns das Thema erneut aufgegriffen-antwortete Volker Weber als Vertreter des Rektors der Uni Hamburg.

Im Stillen dachte er: - Mark vertritt immer noch Minderheiten. Er ist seinen Prinzipien treu geblieben.-

Als sie den Sitzungssaal gemeinsam verließen, sprach er Mark zugewandt an: - Mark wir sollten unser Verhältnis ins Reine bringen! -

- Ja ich denke wir sollten das Kriegsbeil begraben.- antwortete Mark und sie verabredeten sich in der nächsten Woche in einem Restaurant an der Alster.

Mark ließ an diesem Tag Volker eine halbe Stunde warten, sodass er schon befürchtete, dass Mark einen Rückzieher machen würde.

- Entschuldige mir ist so ein Wahnsinniger in den Kotflügel gefahren, bei Rot über die Ampel! - erklärte Mark, noch sichtlich von dem Unfall betroffen.

Nachdem sich beide ein Menü ausgesucht hatten, prosteten sie sich zu und Volker betonte: - Auf ein gemeinsames Miteinander in der Zukunft.-

Beide reichten sich die Hände und waren offensichtlich erleichtert wieder einen Weg zueinander gefunden zu haben.

- Wie läuft dein Studium Mark, ich hörte du bist mit großem Eifer bei der Sache! -

- Na ja, du kennst es aus deiner eigenen Studienzeit, wenn man das richtige Fach gewählt hat, dann läuft es fast wie von selbst! - stapelte er etwas tief und gab die Frage an Volker zurück. - Wie läuft es bei dir Herr Professor, du bist ja in kurzer Zeit die akademische Karriereleiter mächtig emporgestiegen.-

- Mir erging es sicher genauso wie dir, nach dem plötzlichen Tod deiner Mutter und der Trennung von dir, flüchtete ich mich in meine Arbeit.! -

Damit war das Thema - Maria- , das beide beschäftigte, angesprochen und das Gespräch in diese Richtung gelenkt. - Mark bitte erzähle mir was zwischen Dir und Deiner Mutter vorgefallen war? - fragte Volker ohne Umschweife. Mark verzog seine Miene und schaute ihn bedenklich an.

Er musste mit sich Ringen und gab sich einen sichtlichen Ruck bevor er antwortete: - Damals im Internat war auch der Sohn unseres Farmarztes. Er war am Gymnasium der Hauptinitiator der Bewegung, die für die Rechte der weißen Farmer eintrat.

Er war besonders radikal in seinen Ansichten und forderte, dass ich wegen meiner gemischten Abstammung ausgeschlossen aus der Organisation werden sollte.

Aber das war noch nicht das Schlimmste, er bezeichnete mich als Bastard!

Nach einer wüsten Prügelei zwischen uns beiden, der ihm ein gebrochenes Nasenbein und mir eine ausgekugelte Schulter einbrachte, beschlossen wir Frieden zu schließen.

Danach hatten wir eine intensive Aussprache, in der er mir mitteilte, dass Markus Weber nicht mein leiblicher Vater sei, sondern dass ich aus einer

Vergewaltigung auf der Farm entstanden sei.

Er hat ein Gespräch zwischen seinem Vater und Markus belauscht, aus dem hervorging, dass er nach einem Unfall keine Kinder zeugen konnte.

Darüber wurde Stillschweigen vereinbart und nur Maria wurde darüber informiert!

Sie wusste also von Anfang an über meine Identität Bescheid!

Sehr viel später habe ich bei einer Auseinandersetzung, ihr diesen Sachverhalt vorgeworfen, aber leider habe ich sie damals, ohne ihre Argumente anzuhören, einfach stehen lassen!

Das war auch der Grund warum ich damals nicht zu ihrer Beerdigung kam. Erst später kam ich in den Besitz des Briefes meiner Mutter! -

Mark zog einen Brief aus seiner Jackentasche und reichte ihn Volker, der ziemlich betroffen den Ausführungen von Mark zugehört hatte. - Mein Gott, warum hast du damals nicht mit mir darüber gesprochen, Mark? -

Der zuckte die Achseln und entgegnete: - Ich war zu tiefst gekränkt und in meiner Ehre verletzt. Ich habe damals angenommen, dass du eingeweiht warst und meine wahre Abstammung kanntest. Bitte lies aber jetzt den Brief! -

Der Brief begann mit der Überschrift: - An meinen über alles geliebten Sohn Mark.-

- Lieber Mark, wenn du diesen Brief liest, werde ich schon tot sein! Es war sehr traurig und furchtbar für mich zu ertragen, dass wir jeden Kontakt verloren haben, obwohl ich es immer wieder versucht habe!

Mark ich liebe dich trotzdem, so innig wie früher und kann deine Reaktion nachvollziehen.

Umso mehr ist mir daran gelegen, dass du die Wahrheit erfährst. Ich bin sicher, dass du dann auch mein Verhalten verstehen kannst und meine Handlungsweise nachvollziehbar für dich wird. Es ist wahr, dass dein Vater nach dem Jagdunfall seine Zeugungsfähigkeit durch eine lebensnotwendige Operation verloren hatte.

Diese Diagnose erfuhren wir erst nachdem ich schwanger war. Wir dachten deshalb zunächst, dass Markus dich gezeugt hatte.

Erst später, nach dem wir Gewissheit hatten, beschlossen wir beide, niemand über deine Herkunft aufzuklären. Wir wollten damit erreichen, dass du ohne diese Hypothek aufwachsen könntest! Wir wollten dich damit nicht belasten.

Später ist uns klar geworden, dass wir dich hätten aufklären müssen, schob en aber diese Entscheidung immer weiter vor uns her. Dann hatten wir irgendwann nicht mehr die Kraft dazu.

Bitte verzeih deinem Vater und mir!

Wir wollten dich schützen vor den bösen Zungen in der Farmerschaft und deiner Umgebung.- Volker unterbrach ihn: - Deshalb hat sie einmal, bevor wir dich damals aus dem Internat holten, geheimnisvoll mir angedeutet, wir hätten mit dir noch etwas Grundsätzliches zu klären. Jetzt verstehe ich was sie damals meinte! -

Volker las den Brief von Maria dann zu Ende und lehnte sich nachdenklich zurück. - Welche Seelenpein muss Maria all die Jahre gequält haben? - dachte er und wie groß waren all die Schicksalsschläge, die diese tapfere Frau ertragen musste.

Mark der sehr in Gedanken verloren war, flüsterte:- Es tut mir sehr leid, dass ich mit meiner Mutter nicht mehr ins Reine kam, bevor sie starb. Wenn ich doch diesen Brief früher erhalten hätte, dann wäre noch alles zum Guten verlaufen! -

- Ich kann dir bestätigen Mark, deine Mutter hat dich sehr geliebt und die schlimmste Entscheidung für sie war, als wir dich aus dem Internat nehmen mussten und dich nach Hamburg verpflanzen mussten, ohne dir nahe sein zu können. Sie wollte aber, dass du aus der radikalen Gruppe genommen wurdest und sie hoffte sehnsüchtig, dass du dort deine radikalen Ansichten ändern würdest.- antwortete Volker, legte seine Hand auf seine Schulter. - Wir sollten in Zukunft wieder zusammenfinden und zur alten Verbundenheit zurückkehren! Maria hätte große Freude daran! -

Das Abendessen verlief dann in einer sehr harmonischen Atmosphäre!

Beide trafen sich in Zukunft regelmäßig und verbrachten viel Zeit miteinander. Sie tauschten sich auch in Angelegenheiten der Universität aus und diesbezüglich ein gerngesehenes Team bei vielen Veranstaltungen.

Volker konnte ihn allerdings nicht dazu bewegen ihn in den Semesterferien nach Namibia zu begleiten.

Hierzu mussten noch einige offene Wunden verheilen, aber der Tag wird kommen, da war sich Volker sicher.

Als er nach drei Monaten zurückkam nach Hamburg, traf er sich mit Mark zu einem gemeinsamen Abendessen. Mark kam nicht allein. In seiner Begleitung war eine bildhübsche, hoch gewachsene junge Frau.

Sie reichte Volker die Hand mit einem gewinnenden Lächeln und Mark stellte sie vor: - Vater ich möchte dir Fatima vorstellen, sie stammt aus Tunesien und studiert ebenfalls in Hamburg. Wir sind schon einige Monate zusammen und wollen bald in eine gemeinsame Wohnung ziehen.-

Volker schaute in die dunklen Augen einer arabischen Schönheit, die eine Eleganz und Ausstrahlung hatte, die jeden in seinen Bann zog.

- Wie lange leben sie schon in Hamburg Fatima? - fragte Volker um die Konservation zu beginnen.

- Ach ich bin schon in Deutschland geboren, als mein Vater als Diplomat in Bonn war. Später bin ich dann zurückgekommen um in Hamburg zu studieren.-

Volker erfuhr dann, dass ihr Vater nun in Tunesien Kultusminister sei und nach dem Tod ihrer Mutter mit einer Deutschen verheiratet sei. Als das junge Paar sich verabschiedete, schaute Volker ihnen gedankenverloren nach. Vielleicht würde aus dieser Beziehung ein Erbe für die Farm entstehen.

In den folgenden Semesterferien flog das junge Paar nach Tunesien und Mark wurde der Familie vorgestellt.

Volker flog wie immer nach Windhoek um auf der Farm nach dem Rechten zu sehen und mit dem Verwalter Dinge zu regeln.

Er überprüfte die Buchführung und traf wichtige Investitionsentscheidungen, ansonsten ließ er dem Verwalter freie Hand.

Das Verwalterehepaar erwartete in diesem Jahr ihr erstes Kind und stellte den Antrag die Farm zu pachten und dann später auch zu kaufen.

Volker bat den Verwalter die Entscheidung aufzuschieben bis in das nächste Jahr und dachte dabei an Mark!

Nachdem die ersten Jagdgäste bereits die Farm verlassen hatten und es wieder ruhig auf der Farm wurde, sah Volker eines

Nachmittags einen Geländewagen mit hoher Geschwindigkeit auf die Farm zukommen.

- Na, welcher Teufel hat diesen Fahrer denn geritten? - dachte Volker und ging um das Tor zu öffnen.

Er war wie vom Blitz getroffen als er sah, dass Mark und Fatima aus dem Rover ausstiegen.

- Hallo Vater, wir fliegen über Namibia nach Hamburg, es lag ja am Weg- sagte Mark lachend und zeigte Fatima das Farm- und Gästehaus.

Nach einem Tee, den sie alle gemeinsam auf der Veranda gemütlich tranken, stand Mark plötzlich auf, nahm Fatima bei der Hand und ging in einem fast feierlichen Schritt in Richtung des Farmfriedhofes, der etwas außerhalb auf einer Anhöhe lag.

Hier hatte man einen wunderschönen Ausblick auf das Farmgelände.

- Hier ist das Grab von Markus Weber. Ich habe dir viel von ihm erzählt. Man hat ihn hinterhältig ermordet- Nach einem kurzen Gebet wandte er sich dem Nebengrab zu: - Hier liegt meine geliebte Mutter begraben. Sie war das Liebste was ich bisher in meinem Leben hatte. Eine wunderbare, liebevolle und kluge Frau! -

Sie knieten am Grab nieder, hielten still Andacht und Mark rannen dicke Tränen übers Gesicht, als er leise dem Grab zugewandt sprach: - Bitte verzeih mir Mutter, ich hoffe, dass du mich da oben hören kannst.- und blickte dabei zum blauen afrikanischen Himmel empor.

Fatima nahm seine Hand und versuchte ihn zu trösten.

- Schau- , sagte er leise, - wie weit dieses Land ist, das hier unter uns liegt. Hier oben hat meine Mutter oft mit mir gesessen und am Grab meines Vaters mir Geschichten erzählt, die schon ihre afrikanischen Vorfahren sich erzählten. Hier konnte sie zu sich selbst finden und wird auch daran gedacht haben, dass sie hier einmal ihre letzte Ruhe finden würde.- Einige hundert Meter entfernt in der Savanne zogen mehrere Oryxantilopen mit ihren spitzen, langen

Hörnern vorbei. Ihr gescheckter Hals hob sich von dem hellgelben Hintergrund ab und als dahinter noch Kuhantilopen an ihnen vorbeizogen, da war es ein Bild wie im Film.

Fatima war von dieser Situation sichtlich ergriffen, als sie spontan zu Mark sagte: - Diese Farm deiner Vorfahren ist wie ein Juwel inmitten der Savanne. So große Wildherden habe ich noch nie in meinem Leben gesehen.-

Sie gingen Hand in Hand in das Farmhaus zurück und Volker spürte, dass Namibia und die Farm eine weitere Bewunderin gefunden hatte.

In den nächsten Tagen ritten die beiden quer durch das weite Gelände der Farm und verharrten an den schönsten Stellen.

Einige Stunden verbrachten sie an den Wasserstellen und beobachteten die Tiere beim Wasser schöpfen. Warzenschwein-Keiler mit ihren riesigen Hauern und eine Knu-Herde von fast hundert Tieren, die von einem Löwen auseinandergetrieben wurden, erzeugte ein Gefühl der Angst, die diese Jagdszene bei ihnen hervorrief.

Als sie wegen der Hitze, die am Nachmittag schon sehr unangenehm wurde, unter einem Baum Schatten suchen wollten, entdeckten sie im letzten Augenblick eine Baumschlange die auf Beute wartete.

- Fatima, setze dich nie unter einen Baum auf dem du keinen Vogel sehen kannst, das bedeutet Gefahr.- erklärte ihr Mark.

Auf dem Heimweg, am späten Nachmittag, scheuten plötzlich ihre Pferde und wären fast mit ihnen durchgegangen.

Aufgeregt rief Mark - Schau dort vor uns eine Speikobra, die den ganzen Weg einnimmt, sie ist sehr giftig.- .

Als sie dann abends auf der Veranda saßen, berichteten beide Volker begeistert von ihrem erlebnisreichen Tag.

Namibia hatte sie in ihren Bann gezogen.

Am Ende der Semesterferien flogen alle drei gemeinsam zurück nach Hamburg.

Volker war sich sicher, dass sie wieder zurückkehren würden. Afrika hat eine Anziehungskraft, die viele Besucher nie mehr loslässt!

Fatima und Mark hatten inzwischen eine gemeinsame Wohnung, ganz in der Nähe von Volker bezogen. So konnten sie sich oft sehen und wuchsen immer mehr zu einer Familie zusammen.

Volker und Fatima mochten sich sehr und manchmal war Mark sogar etwas eifersüchtig, wenn die beiden miteinander scherzten.

Volker war ein schlanker, sportlicher Mittfünfziger, der Frauenherzen immer noch höherschlagen ließ. Einige Frauen auf der Universität hatten schon versucht ihn für sich zu gewinnen, jedoch erfolglos.

Er konnte sich von seiner Vergangenheit nicht lösen. All seine Gedanken weilten immer noch bei Maria, die er nicht vergessen konnte. Sie war sein Leben und seine große Liebe, von der er immer noch zehrte. Deshalb machte er bei neuen

Bekanntschaften im letzten Augenblick immer einen Rückzieher.

Mark, der diese Situation erkannte, verwickelte ihn eines Abends in ein Gespräch und hoffte, dass er sich ihm offenbaren würde.

Volker aber, würgte das Gespräch sofort ab und erklärte ihm, dass er noch nicht dazu bereit sei.

- Vielleicht sprechen wir in ein paar Jahren darüber, lieber Mark sei nicht böse deswegen:- erwiderte er dann bei diesen Gelegenheiten.

Durch seine Stellung als Konrektor der Universität kam Volker auch regelmäßig mit dem Senat der Stadt zusammen

In Vertretung des Rektors übertrug dieser ihm besonders die heiklen Angelegenheiten, die eine kluge Verhandlungsführung erforderlich machten.

Dabei erzielte er Ergebnisse, die im Sinne der Uni waren, aber auch der Senat gut mit leben konnte. Als dann im Spätherbst der Rektor pensioniert wurde, stand Volker im Blickpunkt und wurde von mehreren Seiten favorisiert. und die Wahl fiel fast zwangsläufig auf ihn.

Für Volker war dies die wichtigste Entscheidung in seinem Berufsleben.

Gleichermaßen bedeutete das für ihn, dass er langfristig in Hamburg gebunden sein würde und er für die Farm in Namibia eine tragfähige Lösung finden musste.

Als er noch über diesem, für ihn, großem Problem brütete, teilte ihm Mark mit, dass er mit Fatima bereits vor Beginn der Semesterferien nach Namibia fliegen wolle, da sie alle Arbeiten schon geschrieben hätten.

Volker war sehr froh darüber, weil er in diesem Jahr nur kurze Zeit nach Namibia reisen konnte, da er durch seine neue Aufgabe an der Universität gebunden war.

Er bat Mark sich auch um die geschäftlichen Dinge auf der Farm zu kümmern. Für Fatima und Mark sollten die nächsten Monate, die schönsten in ihrem bisherigen Leben werden.

Sie blieben zunächst ein paar Tage in Windhoek, weil Mark dort seine alten Freunde besuchen und die derzeitige politische Situation erkunden wollte.

Erfreut stellte er dabei fest, dass die politisch Verantwortlichen, inzwischen auch eine Anzahl Ratgeber aus der weißen Bevölkerungsschicht in die Regierungsarbeit eingebunden hatte. Damit sah er auch seine Forderungen aus früheren Jahren als teilweise erfüllt an. Damit konnte das Land konfliktfreier und mit mehr Sachverstand geführt werden.

Zufrieden fuhr er mit Fatima zur Farm um sich dort für die nächste Zeit einzurichten.

Das Liebespaar gestaltete das Gästehaus etwas nach ihrem Geschmack um, nachdem Volker dem Verwalterpaar erlaubt hatte im Haupthaus zu wohnen.

Fatima und Mark konnten sich im Gästehaus frei bewegen und genossen diese Freiheit. Oft lagen sie auf der

Veranda wo sie von neugierigen Blicken geschützt waren.

Fatima machte ihren Liebhaber mit den Praktiken der orientalischen Liebeskunst vertraut, die wie in 1001-Nacht der Frau die Rolle einer Liebesdienerin zuwies.

Raffiniert begann sie mit Bauchtanz seine Leidenschaft zu wecken. Dabei entwickelte sie eine immer stärker wirkende aufreizende Art, die ihn immer wieder zu neuen Liebeshandlungen antrieb.

In diesen liebestrunkenen Nächten, denen Fatima mit duftenden Kerzen und für Mark gänzlich neuen Praktiken, eine besondere Note gab, verloren die beiden sich in den verschlungenen Wegen der orientalischen Liebeskunst. Er streichelte sie so sanft am ganzen Körper und küsste sie so intensiv, so dass sie Zeit und Ort vergaß.

Beide erlebten Höhepunkte, die vorher in ihrer Intensität ihnen völlig unbekannt waren und nahmen sie mit auf eine aufregende Reise ihrer Liebe, die für sie zum Mittelpunkt ihres Lebens wurde.

Das junge Paar steckte ihre Umgebung auf der Farm mit ihrer Lebensfreude an und sie wurden deshalb von allen beneidet.

Fatima hatte auch als Nordafrikanerin schnell Kontakt zu den Bediensteten der Farm und erfreute sich großer Beliebtheit. Alle verehrten sie und hofften insgeheim, dass sie einmal mit Mark das Erbe auf der Farm antreten würde.

Auch Mark, der dem Farmerleben eher ablehnend gegenüberstand, konnte sie von der natürlichen Lebensart überzeugen, die für seine Mutter das Lebensglück bedeutet hatte.

In diesen Tagen ritten sie tagelang durch das Farmgelände und die angrenzende Savanne. So streiften sie durch Gebiete die nur selten von Besuchern durchquert wurden.

Hunderte von verschiedenen Gazellen und Antilopen zogen ganz nah an ihnen vorbei. Wendige und schnelle Springböcke zeigten ihre Schnelligkeit, kleine

Steinböcke machten Sprünge wie in übermütiger Freude in die Luft und große Herden von Zebras grasten vor ihnen, eine Elefantenherde, die stärksten und größten Tiere der Savanne, zogen mit Trompetengeschmetter vorbei.

Später am Nachmittag konnten sie beobachten wie ein Geparden Paar, das ihre Jungen großzog, ihnen die Kunst des Anschleichens und der schnellen Verfolgungsjagd beibrachten. Hier lebt einer vom anderen, eigentlich grausam, aber das ist die Natur.- bemerkte sichtlich beeindruckt   Fatima.

- Wir Menschen ernähren uns zu einem großen Teil auch von Tieren, sind wir besser- ? sagte Mark, der sich im Gegensatz zu seinem Großvater und Vater, sich nie so sehr für die Jagd begeistert hatte und die Tiere im Farmbereich als eine Art Nahrungsreserve betrachtete.

Während das junge Paar voller Glück die Tage und Wochen in Namibia verbrachte, musste   Volker   sich   mit

Verwaltungsangelegenheiten der
Universität in Hamburg beschäftigen.

Eines Morgens fand er bei seiner Post
einen Brief der Polizei Hamburg, indem
ein Besuch angekündigt wurde. Es würde
sich um eine Studentin handeln, die vom
BKA gesucht würde und der
Bundesstaatsanwalt ermittelte.

Den Namen wolle man ihm im Gespräch
mitteilen.

Als die Beamten drei Tage später dann
ihm gegenübersaßen, war es der BKA-
Beamte der geheimnisvoll das Gespräch
begann: - Herr Professor Weber wir
ermitteln in einer streng geheimen
Angelegenheit.

Es geht um einen terroristischen
Hintergrund, um radikale islamistische
Zellen, die weltweit Anschläge vorbereiten
und auch verüben.

Eine Spur hat uns hier nach Hamburg
geführt. Es geht um zwei Studenten der
Elektrotechnik, die sich aber in den
Libanon abgesetzt haben und eine
Studentin, die aus Tunesien stammt. Wir

haben Hinweise darauf, dass sie die Wohnungen für die beiden gemietet hat und die Geldgeschäfte für sie abwickelte.-

- Haben sie ihren Namen? - wandte Volker Weber ein.

- Es handelt sich um Fatima el Carmin, der Tochter eines tunesischen Politikers! - antwortete der Beamte.

- Mein Gott Fatima- , dachte Volker Weber und laut sagte er: - Wissen sie wo sie sich jetzt aufhält? -

- Ja sie muss noch in Hamburg sein, in ihrer Wohnung wurde sie nicht angetroffen, die hat sie aufgegeben.-

- Ist sie gefährlich oder nur ein Mitläufer? - fragte Volker Weber.

- Noch wissen wir zu wenig, aber da der FBI sich auch für sie interessiert, dürfte sie zum harten Kern gehören! -

- Also Herr Professor, sobald sie hier auftaucht oder Kontakte aufnimmt mit der Universität, bitte verständigen sie uns sofort! - Nachdem sie sich verabschiedet hatten, saß Volker in seinem breiten

Bürosessel und war schockiert von dieser Nachricht.

- Es ist jetzt nur eine Frage der Zeit bis sie auf die Spur nach Namibia kommen würden! Ich muss Mark sofort informieren.- dachte er und nahm den Hörer auf.

- Hallo Volker, das ist ein überraschender Anruf - sagte Mark, als er ihn nach langen Anläufen in der Leitung hatte.

- Wo ist Fatima, ist sie jetzt in deiner Nähe? -

- Nein kann ich nicht mit dienen, sie musste heute Morgen ganz plötzlich nach Windhoek um einige private Dinge abzuklären. Sie wird später wieder hier sein.-

- Mark sobald sie zugekehrt ist, ruft mich beide dann bitte sofort an, auch wenn es mitten in der Nacht ist! -

- Hallo, das klingt aber geheimnisvoll! Hat sie goldene Löffel aus der Mensa mitgehen lassen? - sagte Mark scherzhaft.
- Also noch einmal, Mark bitte rufe mich

dann sofort zurück.- sagte Volker bevor er auflegte.

Mark war etwas irritiert nach diesem Anruf und konnte sich keinen Reim daraus mache.

In der Nacht schlief er auf dem Sofa im Kaminzimmer ein und am Morgen weckten ihn die ersten Sonnenstrahlen auf.

Fatima war nicht zurückkehrt und hatte ihm auch keine Nachricht hinterlassen.

Mark hatte dafür keine Erklärung und war völlig niedergedrückt.

Er rief Volker in Hamburg an, der ihm nun die Begegnung mit der Polizei schilderte und was er von den Beamten des BKA erfahren hatte.

Mark war völlig fassungslos als er auflegte.

- Fatima, eine Terroristin ? Nein das konnte nicht wahr sein. Diese zärtliche Geliebte und charaktervolle Frau, nein das musste ein Irrtum sein! - dachte er immer wieder. Er wurde immer unruhiger und seine Gedanken bewegten sich im Kreise.

- Was wenn die tunesischen Kommilitonen sie doch benutzt oder sogar erpresst hatten? -

Nach einer fast schlaflosen Nacht, erreichte ihn ein Brief den ein Bote aus Windhoek im überbrachte. Absenderin war Fatima!

Mit zitternden Händen öffnete er den Brief und die ganze Anspannung stand in seinem Gesicht geschrieben als er las:

- Liebster, wenn dich diese Zeilen erreichen, werde ich schon sehr weit von dir entfernt sein, an einem Ort an dem ich sicher sein werde. Es gibt Dinge, die ich dir erst später erklären kann, jetzt bin ich verpflichtet zu schweigen, bei Allah!

Eines sollst du aber wissen, mein Herz wird dir immer und ewig gehören, mein Geliebter! Und noch eines musst du wissen: Wir kämpfen für eine gute und gerechte Sache!

Allah sei mit dir und möge dich beschützen! Deine dich liebende Fatima! - Mark, dem Tränen in den Augen standen, ließ sich auf den breiten Korbsessel der

Veranda sinken und starrte in die Weite des Farmlandes, als ob er irgendwo am Horizont Fatima entdecken könnte.

Immer wieder las er den Brief, als ob er zwischen den Zeilen noch eine versteckte Nachricht dort entdecken könnte.

Für Mark brach eine Welt zusammen und er suchte nach Erklärungen. Warum war ihm diese Verstrickung in eine terroristische Gruppe nicht aufgefallen? Sie hatten doch nie Geheimnisse voreinander!

Zwei Tage später kamen Polizisten von Windhoek mit umgehängten Schnellfeuergewehren auf die Farm und suchten Fatima.

Alle Gebäude der Farm wurden durchsucht und Mark, sowie alle Bedienstete der Farm befragt, bevor sie die Farm verließen.

Als dann nach einer Woche Mark immer noch keine Nachricht von Fatima vorlag, fuhr Mark nach Windhoek und flog nach Tunesien um die Eltern seiner Geliebten aufzusuchen. Er hatte Hoffnung hier etwas über den Aufenthalt von Fatima zu erfahren.

Die Eltern aber waren zugeknöpft und ließen sich keine Informationen entlocken. Fatimas Vater nahm ihn beim Abschied zur Seite und flüsterte ihm zu: - Bitte keine weiteren Nachforschungen anstellen. Sie wollen doch meine Tochter nicht in Gefahr bringen? Bitte bewahren sie Geduld! Eines Tages werden sie Fatima wiedersehen. Allah wird uns beistehen! -

Traurig und einsam flog Mark nach Hamburg und begann dort mit weiteren Nachforschungen. Die aber alle erfolglos verliefen.

Volker versucht in den nächsten Wochen Mark zu trösten und seine dunklen Gedanken zu vertreiben.

In den Semesterferien brachte er Mark dazu mit ihm nach Namibia zu fliegen und ein paar Wochen auf der Farm zu verbringen.

Aber hier erinnerte ihn alles an Fatima! Manchmal glaubte er ihr Lachen von der

Veranda zu hören, auf der sie so oft liebevoll miteinander saßen und bildete sich ein ihr Parfüm zu riechen, das so verführerisch in der Luft lag.

Wenn er die Sehnsucht gar nicht mehr unterdrücken konnte, dann ging er auf die Anhöhe wo die Gräber waren.

Dort setzte er sich vor das Grab von Maria und hielt stille Zwiesprache mit Ihr

Er saß dort oft Stunden und wenn er in die Ferne sah, dann kam es ihm vor, als ob aus der Ferne eine Person sich der Farm näherte, die immer schneller auf ihn zu kam und als er schon ihren Namen rufen wollte, plötzlich aber in der schwellenden Hitze der Savanne wieder wie ein Phantom verschwand!

Manchmal kam Volker auch hoch zum Berg und leistete Mark Gesellschaft.

Dabei legte er ihm seine Hände auf die Schultern und sagte: - Martere nicht dein Gehirn und zerreiße nicht deine Seele, Mark. Ich habe das Gefühl, dass sie eines Tages wieder hier sein wird! Sie liebt dich und wird einen Weg zurückfinden! - Ein

Jahr später erfuhren sie, dass Fatima inzwischen von der Fahndungsliste gestrichen worden und das Verfahren in Deutschland eingestellt sei.

Diese Nachricht nährte bei Mark die Hoffnung, dass eine Rückkehr nicht mehr lange dauern wird.

Eiligst flog er nach Namibia, um auf der Farm auf sie zu warten.

Jeden Nachmittag ging er hoch zum Friedhof und setzte sich dort auf eine Bank und hielt Ausschau.

Dabei kam ihm ein alter afrikanischer Spruch in den Sinn, der da lautete: - Nur der, der seine Hoffnung nie aufgibt, wird eines Tages den weißen Elefanten sehen- !

ZWEI JAHRE SPÄTER

Es war in einem Jahr, in dem es in Namibia seit drei Jahren, wieder geregnet hatte.

Die Natur erholte sich im Eiltempo! Alles wurde grün, sodass die Tiere und damit auch die Menschen, wieder genügend Nahrung hatten.

Die Savanne hatte sich zu einem Meer voller Blüten verwandelt.

Bei allen Tieren der Savanne konnte man eine Veränderung feststellen. Sie hatten viel mehr Jungtiere und zogen in der Savanne in großen Gruppen hin und her.

Es war als wenn ein neues Zeitalter anbrechen würde!

Auf der Farm waren Volker und Mark eingetroffen, denn sie wollten sich diese paradiesischen Zustände nicht entgehen lassen und genossen die Wochen auf der Farm.

Wenn sie dann am Abend unter dem afrikanischen Sternenhimmel saßen und mit einem Whisky anstießen, dann kam auch ein wenig Wehmut bei beiden auf.

- Stell dir vor Volker, wenn jetzt Fatima bei uns sein könnte, dann wäre das Glück komplett, aber ich gebe die Hoffnung nicht auf! - - Mir geht es ebenso, mir fehlt meine geliebte Maria, die ich nie vergessen werde! - entgegnete Volker.

So vergingen die Tage auf Okatjeroo, ohne große Ereignisse.

Eines Morgens aber, als Volker und Mark von der Jagd zurückkehrten, bemerkten sie sofort, dass etwas auf der Farm nicht stimmte.

Es war ganz anders als sonst, die Menschen auf der Farm standen in Gruppen zusammen und tanzten vor Freude.

- Was ist hier los? - fragten sie den Vorarbeiter, der wie ein kleiner Junge strahlte.

- Kommt mit auf die Veranda! - sagte er geheimnisvoll und lief freudig voraus.

Als sie dort ankamen, sahen sie innerhalb einer Menschentraube eine wunderschöne Frau stehen

Es war Fatima, in ihrer strahlenden Schönheit Mark und Volker nahmen sie abwechselnd in ihre Arme, küssten sie immer wieder und Glückstränen rannen ihnen über ihre Wangen.

- Ich habe eine atemberaubende Reise hinter mir, von dem Gefangenenlager Guantanamo, nach Tunis und über Hamburg auf die Farm und bin völlig geschafft! Bitte lasst mich ein paar Stunden ruhen, dann erzähle ich euch alles! - sagte Fatima die blass und gestresst aussah.

- Ruhe dich aus, du bist zu Hause angekommen! Wir werden für heute Abend ein kleines Festessen vorbereiten.- entgegnete Volker.

Fatima war dankbar, dass sie sich endlich ohne Angst ausruhen konnte. Sie musste zuerst ihre Gedankenwelt ordnen und die schrecklichen Bilder der Vergangenheit abschütteln.

Am Abend saß sie dann mit Mark, der nicht mehr von ihrer Seite wich, und Volker am festlich gedeckten Tisch auf der Veranda, die rundherum mit Fackeln und Lampions beleuchtet wurde. - Das ist wie der Beginn eines neuen Lebens-

seufzte Fatima und schmiegte sich an Mark.

- Kommt lasst uns anstoßen auf das Leben, mit dem besten Rotwein aus Südafrika.- rief Volker der sichtlich gerührt war.

Während sie sich dann von den afrikanischen Köstlichkeiten bedienten, begann Fatima, die sichtlich gelöster und fröhlicher wirkte, von den letzten zwei Jahren zu erzählen.

- Erst einmal Entschuldigung dafür, dass ich euch damals Hals über Kopf verlassen habe, aber ich hatte keine andere Wahl! Ich bekam von Freunden aus Hamburg die Nachricht, dass ich vom BKA und auch vom FBI gesucht würde.-

- Entschuldige Fatima, warum bist du wie eine Terroristin gesucht worden, wir konnten das überhaupt nicht nachvollziehen? - wandte Mark ein.

- Das kann ich mir vorstellen, ich selbst war völlig überrascht. Es begann damit, dass zwei Studienkollegen aus Tunesien, die ich auf der Uni in Hamburg

kennengelernt hatte, des Öfteren mit mir
über die islamische Religion und über ein
islamisch geprägtes Weltbild diskutierten.
Auf Dauer lernte ich dann noch andere
aus diesem Kreis kennen.

Alles blieb unverbindlich und als sie mich
fragten, ob ich ihnen bei der Beschaffung
einer Mietwohnung behilflich sein könnte,
habe ich das gerne getan.

Sie baten mich dann die Wohnung auf
meinen Namen zu mieten und über mich
die Mietzahlungen vorzunehmen, damit
sie sich von den anderen abgrenzen
könnten. Ich habe das damals gerne getan,
auch weil es Landsleute waren, bemerkte
aber später, dass ihre Forderungen immer
radikaler wurden. Sie waren dann auch
immer öfter etliche Tage verschwunden,
sodass ich immer verunsicherter wurde.

In dieser Phase kam dann die erste
Warnung, dass es sich bei Gruppe um
radikale Islamisten handeln könnte.

Als dann die Warnung aus Hamburg kam,
bin ich zuerst nach Amsterdam und nach

Tunis geflogen, wo meine Eltern mir ein Versteck besorgten.

Nach nur drei Tagen hatte mich dort das FBI verhaftet und mich in das Gefangenenlager Guantanamo verfrachtet.

Diese Zeit war fürchterlich, geprägt von Folter, Misshandlungen und Angst, die mich nicht mehr losließ.

Nach fast einem Jahr wurde dann klar, dass ich keine Terroristin und auch keine Helferin im direkten Sinne war und ich kam in Abschiebehaft.

Diese Haft dauerte noch einmal knapp fünf Monate, bis ich nach Tunis ausfliegen konnte. Dort haben mich meine Eltern dann gepflegt und wieder aufgepäppelt!

Ja, das ist sie, meine Geschichte! -

Beide, Mark und Volker, waren sichtlich berührt und erschüttert von diesem Bericht, der unglaublich wirkte.

Nach dem Abendessen saßen sie noch lange auf der Veranda, tranken Wein und schauten in den afrikanischen Sternenhimmel, der zum Träumen einlud.

Am nächsten Tag schlief Fatima bis zum Mittag. Sie machte trotzdem noch einen erschöpften und abwesenden Eindruck.

Mark versuchte sie etwas aufzuheitern und wollte sie zu einem kleinen Ausritt bewegen.

- Mark, bitte lass mir noch etwas Zeit, ich bin noch zu schwach- . erklärte sie ihm und nahm ihn in ihre Arme,

Auch die nächsten Tage änderte sich die Stimmung nicht und Mark war schon etwas verzweifelt, als beim Abendessen Volker ihnen einen Vorschlag machte:

- Ihr beide braucht dringend Abwechslung und müsst gemeinsam ein paar Wochen ausspannen. Ich war mit Maria damals zwei Wochen im Etoscha Nationalpark unterwegs, dort wo fast alle Tierarten Afrikas leben und große Tierherden ziehen, da sind mehre Camps in denen man übernachten und sich erholen kann.- Fatima war von dieser Idee sofort begeistert und auch Mark gefiel diese Idee.

Am nächsten Morgen packten sie ein paar Sachen ein und fuhren mit dem Pick UP in Richtung Norden zu dem über zwanzigtausend km² großen National Park.

Am ersten Abend, errichteten sie Ihr Zelt auf der Ladefläche des Pick UP und lagen eng aneinander, küssten sich und die schönen, gemeinsamen Zeiten der Vergangenheit kamen wieder in Erinnerung.

In der Nacht hörten sie ganz in der Nähe einen Löwen brüllen, der auf der Jagd sich befand.

Fatima fühlte sich bei Mark geborgen und ihre anfängliche Angst verflog sehr schnell.

Am Morgen genossen sie den Sonnenaufgang und konnten zu sehen, wie sich die Sonne wie ein feuriger Ball in den Tag schob.

Hunderte Tierstimmen, die den Tag begrüßten, gaben ihnen ein Konzert und stimmten sie auf den neuen Tag ein. Nach fast dreihundert Kilometer über

Sandpfade erreichten sie dann das Camp Namutoni wo sie einige Tage blieben.

An dem nahen Wasserloch, das angestrahlt wurde, konnten sie abends, geschützt durch eine Mauer, die Tiere beim Trinken beobachten.

Elefantenherden, wechselten mit Antilopen aller Arten, Hyänen kamen vorbei, Zebraherden und Oryxantilopen mit ihren langen säbelartigen Hörnern, konnten sie bestaunen.

Es waren für beide unvergessliche Tage und Fatima, die sich sichtlich erholte, bekam eine noch engere Bindung zu Afrika und seiner Tierwelt.

Als sie nach drei Wochen auf die Farm zurückkehrten, strahlten beide vor Glück und waren ausgelassen wie zwei große Kinder.

Fatima, umschlang Volker mit beiden Armen, küsste ihn und flüsterte ihm ins Ohr:- Diese Reise war eine wunderbare Idee von dir, Mark und ich sind wieder verliebt wie am ersten Tag, jetzt beginnt eine neue Zeit in unserem Leben! - Am

Abend, als sie alle bei einem Glas Wein auf der Veranda saßen, da begann Mark etwas stotternd mit einer Ansprache: - Lieber Volker, Fatima und ich möchten dir nochmal danken für deine Hilfe in den schweren Tagen.

Wir haben bei dieser Reise uns auch noch mal in Namibia verliebt und haben beschlossen hier gemeinsam zu leben, zu mindestens für einige Jahre. Wir wollen dich deshalb bitten uns die Farm zur Bewirtschaftung zu überlassen! -

Damit hatte Volker nicht gerechnet. Er war völlig überrascht und Tränen standen in seinen Augen.

Endlich hatte die Farm eine Zukunft in ihrer Familie!

Vor Freude umarmten sie sich und saßen noch bis in die Nacht bei einigen Flaschen Wein zusammen um dieses Ereignis zu feiern.

Bevor Volker zurückflog nach Hamburg, berief er eine Versammlung aller Bediensteten ein, die er über diese Neuigkeit informierte. Man konnte deutlich spüren wie auch diese begeistert waren und fröhlich sich in den Armen lagen.

Die Farm hatte nun eine Zukunft!!

Mark und Volker telefonierten in regelmäßigen Abständen miteinander und besprachen notwendige Entscheidungen miteinander. Die Farm sollte in Zukunft einen größeren Viehbestand bekommen um die Abhängigkeit von dem Jagdbetrieb zu verringern.

Bei einem dieser Telefonate teilte Mark mit großer Freude mit, dass er Vater werde und es in vier Monaten so weit wäre.

Diese Nachricht erfüllte Volker mit großer Freude.

Eine neue Generation würde heranwachsen und den Fortbestand der Farm in ihrer Familie sichern. Er dachte daran wie sehnsüchtig sich auch sein Vater Markus sich dies immer gewünscht hatte.Sein Credo lautete: - Eine Generation arbeitet für die nächste, damit bekommt alles einen Sinn in unserem Farmleben.-

Als dann der Tag sich näherte, flog er nach Namibia um bei dem freudigen Ereignis mit dabei zu sein.

Als er auf der Farm an kam eilte ihm Mark freudestrahlend entgegen und rief ihm zu:
- Es ist ein Junge und ein Mädchen, beide und die Mutter sind gesund! -

Sie lagen sich lange in den Armen, bevor sie in das Geburtszimmer gingen.

Fatima zeigte ihm die beiden Säuglinge und war außer sich vor Freude.

- Wir haben schon Namen ausgesucht- sagte Fatima,

- Barbara und Markus-

Viele Jahre später...

Im Mädcheninternat in Windhoek bereiten sich die Schülerinnen der letzten Klasse auf die Abiturprüfung vor. In der Klasse werden schwarze und weiße

Schülerinnen gemeinsam unterrichtet. Dafür hatte die Gesellschaft in Namibia viele Jahre gekämpft!

Barbara, die Tochter von Fatima und Mark, saß neben Mara, der Tochter einer schwarzen Farmerfamilie, die an die Farm Okatjeroo angrenzte.

Die beiden Mädchen hatten sich angefreundet und verbrachten im Internat sehr viel Zeit miteinander.

In den Ferien hatten sie sich gegenseitig auch auf der Farm besucht.

Beide Eltern, sowohl Fatima als auch die schwarzen Eltern von Mara hatten Vorbehalte gegen diese Freundschaft von - Schwarz/Weiß- .

Fatima erklärte ihrem Mann Mark, dass sich die anderen Farmer ihre Mäuler darüber zerreißen.

Mark reagierte darauf verärgert: - Es ist nun eine Generation her, da meine Mutter Maria als Schwarze diese Vorurteile überstanden hat und später als Frau eines weißen Farmers sehr angesehen war in der

Gesellschaft. Also Fatima lass uns dieses Thema endgültig begraben.-

Damit war für ihn das Thema beendet und er bemühte sich um einen Kontakt mit dem Vater von Mana, den dieser erfreut erwiderte und daraus eine freundliche und offene Nachbarschaft sich entwickelte.

Markus, der Bruder von Barbara, hatte aufgrund seiner hervorragenden Noten, das Abitur ein Jahr früher mit großem Erfolg bestanden.

Danach eröffnete er seinen Eltern, dass er studieren möchte und sich auf der Universität Hamburg einschreiben will.

- Ich möchte damit in die Fußstapfen meines Onkels Volker treten und stehe deshalb für die Farm nicht zur Verfügung.-

Mark erinnerte sich dabei an seine Entscheidung, als er sich auch für ein Studium in Hamburg entschied.

Seine Schwester Barbara war dagegen mit der Farm und den Menschen sehr verbunden. Sie lernte bei den Besuchen auf der Farm ihrer Freundin, deren älteren Bruder Thabo kennen und verbrachte mit ihm viele Stunden bei Reitausflügen in die Savanne.

Beide liebten dieses Tierparadies und konnten sich immer mehr auch von der offenen und wunderschönen Landschaft ihres Geburtslandes begeistern.

Bei einem dieser Ausflüge überraschte sie Thabo, die Nacht in einem Zelt zu verbringen, dass er mitführte.

- Den Sonnenuntergang und den Tagesbeginn müssen wir unbedingt gemeinsam erleben.- erklärte er ihr begeistert.

- Ich muss aber vorher meine Eltern informieren, sonst werden sie sich um uns sorgen! -

- Das hab ich schon erledigt, dein Vater ist informiert.-

Barbara war etwas überrascht, freute sich aber auf diese gemeinsame Nacht in der Savanne. Sie saßen dann stundenlang am

Lagerfeuer und lauschten den Tierstimmen.

Als es kühler wurde nahm Thabo Barbara in seine Arme und streichelte sie zärtlich.

Barbara war schon längere Zeit in diesen hübschen Nachbarsohn verliebt und wartete auf ein Zeichen von ihm, deshalb erwiderte sie seine Küsse und es wurde eine Nacht voller Zärtlichkeit, in der sie sich ihm leidenschaftlich hingab.

Als sie früh am Morgen im Zelt erwachten hörten sie das ängstliche Schnauben und Wiehern ihrer Pferde, denen sie zur Hilfe eilten. Ein Hyänenrudel hatte sich ihnen verdächtig genähert!

Auf dem Heimweg zurück zur Farm, strahlten beide volles Glück und für sie war klar, dass sie zusammenbleiben würden.

Beide trafen sich so oft es möglich war und als feststand, dass Thabo auf der Farm seiner Eltern bleiben würde, da beschlossen sie ihre Eltern zu informieren. Barbara vertraute sich hierzu zunächst ihrem Vater an, der vorab signalisiert hatte, einer Beziehung schwarz/weiß nicht im Wege zu stehen.

Mark nahm Barbara in seine Arme und küsste sie zärtlich. - Ich freue mich für euch beide, Thabo ist ein toller Junge, der dir ein guter Mann sein wird. Ich rede mit deiner Mutter und den Eltern von Thabo, die noch überzeugt werden müssen.-

Ein paar Wochen später waren dann die Eltern von Thabo auf Okatjeroo eingeladen.

Nach einem Mittagessen auf der Veranda der Farm begann Mark das Thema Hochzeit anzukündigen: - Unsere Kinder Thabo und Barbara wollen uns etwas mitteilen, bitte ihr beiden! -

Barbara, die mehr Mut hatte, begann: - Liebe Eltern und Schwiegereltern, Thabo und ich haben uns verliebt und wollen heiraten. Wir bitten deshalb um Eure Zustimmung! Wir wissen, dass es leider immer noch Vorbehalte gegen gemischte Ehen schwarz/weiß gibt und wir gegen diese Widerstände ankämpfen müssen. Unser großes Vorbild ist meine

Großmutter Maria, die in einer Zeit der Apartheid, sich durchgesetzt hatte und eine glückliche Familie gründete. Thabo und ich wollen in ihre Fußstapfen treten. Bitte gebt uns dazu euren Segen! -

Alle waren von diesen Worten berührt und als erster antwortete der Vater von Thabo: - Zwischen unseren Familien gibt es schon länger eine enge Verbindung, die Mark und ich ins Leben riefen, deshalb kann ich und meine Frau dieser Heirat von ganzem Herzen zu stimmen. Barbara du bist eine so herzliche und wunderbare Frau, die unseren Sohn glücklich machen wird:-

Fatima, der Tränen der Rührung über das Gesicht rannen, nahm ihre Tochter in die Arme und sprach mit zitternder Stimme: - Mark und ich freuen uns sehr und wünschen Euch viel Glück.-

Der Abend endete erst spät in der Nacht alle waren voller Glück und Erwartungen für die Zukunft. Die Hochzeit fand acht Wochen später statt und alle Farmer und Verwandten nahmen an diesem Fest teil.

Kritische Stimmen waren ausgeblieben und alle wünschten dem Paar Glück in einem Namibia, das auf einem guten Weg war und solche Partnerschaften Inzwischen akzeptierte.

Nach einem Jahr kündigte sich das erste Kind an und machten Eltern und Großeltern glücklich.

Einige Jahre später, als beide Großeltern aus Altersgründen die beiden Farmen nicht mehr allein führen konnten, legte man die Farmen zusammen und Barbara und Thabo übernahmen die Führung.

So konnten die Familien und die Bediensteten der Farmen in eine gute und sichere Zukunft blicken!

- *DIE SONNE GEHT AN KEINEM DORF VORÜBER* -

Afrikanisches Sprichwort.

Herbert W Richard mit seiner Ehefrau Bärbel bei der Jagd in Namibia.